辺境でのんびり畑を耕し……
たかったのに出来ずに内政無双中！
ヨシュアのメイド
エリーゼ（通称エリー）
真面目な性格で、実は怪力。
魔法研究の第一人者
セコイア
魔法の扱いにたけ
特に精霊魔法が得意。
異世界転生者
ヨシュア・ルーデル
元サラリーマンから
公国を統治する公爵に転生。
The exiled reincarnated duke wanted to take it easy on the frontier and work the fields.
追放された転生公爵は、辺境でのんびりと畑を耕したかった
～来るなというのに領民が沢山来るから内政無双をすることに～

「風の精霊『シルフ』よ」
「土と風の精霊よ」
ノームの親方
トーレ
手先が器用で、
細工仕事が得意。
「火と鉄の精霊よ」
ドワーフの親方
ガラム
鍛冶全般が得意。

三人の魔法の合わせ技により
コンクリートの炉が完成!!
ヨシュアのメイド
アルルーナ(通称アルル)
実は、凄腕の暗器使い。
「すげえな!」

ついに、雷獣と遭遇!!
ヨシュアの庭師
バルトロ
飄々としており捉えどころがない性格。

The exiled reincarnated duke wanted to take it easy on the frontier and work the fields.

追放された転生公爵は辺境でのんびりと畑を耕したかった

～来るなというのに領民が沢山来るから内政無双をすることに～

著 うみ

ill. あんべよしろう

口絵・本文イラスト
あんべよしろう

装丁
木村デザイン・ラボ

CONTENTS

プロローグ　公国を追放された件

「ルーデル公爵。『公爵は君臨すれども統治せず』を目指すとおっしゃっていましたが、そのお考えに変わりはありませんか？」

赤い絨毯《じゅうたん》の上で純白の法衣《ほうえ》に身を包んだ聖女が跪《ひざまず》き、俺にそう問いかけた。

ガラス細工のように整ってはいるが冷淡にも見える彼女の顔は、表情に一切の動きがない。

彼女の後ろにはすがるような目をした騎士団長と聖女と並び立つ権力者である枢機卿《すうききょう》の姿がある。

枢機卿は騎士団長と対照的に眉《まゆ》一つ動かさずこちらを見上げていた。

「その考えに変わりはない。本来、神は民の政治に関わるべきじゃあない」

「そうですか……」

聖女の切れ長の青い目が閉じ、静かに開く。

すっとその場で立ち上がった彼女は厳かに宣言する。

「『神託』に従い、ルーデル公爵ことヨシュア・ルーデルを追放刑といたします」

「な……」

声にならない声を出しながら豪奢《ごうしゃ》な椅子からガタリと腰を浮かし、聖女の目を真っ直《ます》ぐに見つめた。

しかし、彼女の青い瞳《ひとみ》はもう俺を映していないようだ。

「政《まつりごと》とは、神の代弁者たる公爵が行うもの。公爵が神の代弁者であらせられぬのなら、神にお仕えする私が代弁者となりましょう」

「公国は聖女が統治すると」

「はい。『神託』と『預言』がそう告げております。わたくしの『神託』、枢機卿の『預言』に嘘偽《うそ》りがないことは、騎士団長の『嘘発見』が認めるところです」

枢機卿が僅《わず》かに頭《こうべ》を垂れ、彼の動きに合わせるように騎士団長も苦渋の表情を浮かべ深く頷《うなず》きを返す。

「なんじゃそら」と思うかもしれない。だが、神託と預言の力は絶対的だ。

だから、過去の歴史において神託や預言を利用した謀略が数々行われてきたと聞く。

「騎士団長、誠か?」

「……はい。私は今でも信じられません……ルーデル公爵が不適格などと……あなた様がどれだけ国を豊かにしたことか、それが……」

途切れ途切れながらも、絞り出すように言葉を返す騎士団長に嘘偽りがないことは明らかだ。

そうか、俺は公国の統治者として相応《ふさわ》しくなかったのかあ。

前世の記憶を持ったままルーデル公国の公子として生まれ、死に体だった国をありとあらゆる手を惜しげもなく使い……いや、今となってはどうでもいいか。

「分かった。神託に従おう。抵抗はしない。それが最後にできる俺の公爵としての仕事だ」

公爵の地位は、ルーデル公国において最高位にある。だが、それは俗世の最高位に過ぎないのだ。公国だけでなく帝国や周辺諸国にまで及ぶ聖教は、俗世の枠を超えた強大な力を持っている。彼らは通常政治に口出ししてくることはないが、神託となれば話は別ということなのだろう。公国内での宗教的最高位である枢機卿ならともかく、聖教の象徴たる聖女から直々に神託を受けたとなれば公国の長である俺を追放することも可能となるのだから。

「引き際までご立派ですな。さすが大陸中に名を轟《とどろ》かせた賢公ルーデル様」

枢機卿が感服したように右の指先でひし形を切る。

おっと、もう一つ聞くことがあったな。再び聖女に目を向け、問いかける。

「処刑ではなく追放でいいんだな。俺の行き先は決まっているのか？」

「はい。南東の地『カンパーランド』となります」

「そらまた」

公国の範囲の外じゃねえか。カンパーランドには国がない。

不毛の荒野が広がり、過去に何度か入植したが根付くことはなかったという。

「公爵……いえ、ヨシュア様をお連れして下さい」

「……承知いたしました」

こうして俺は僅かな供の者と多少の資金を持ち辺境の地カンパーランドへ追放されることとなった。

第一章　辺境の地「カンパーランド」は不毛の大地

——三日後。

やって参りました。不毛の辺境と噂《うわさ》されるカンパーランドに。

辿《たど》り着《つ》いた場所は、屋敷だけがポツンとある何もないところだった。

ずっと馬車での移動だったから、腰が痛いのなんのって。それももう終わり。

「それでは、ヨシュア様。ごゆっくりお休み下さい」

「うん、長い旅路をありがとう。みんなにもゆっくり休むように言っておいて」

「畏《かしこ》まりました」

艶《つや》やかな長い黒髪をなびかせ、お腹《なか》の上に手を当て深々と礼をしたメイドが部屋を辞す。

パタリと扉が閉じ、ようやく一人になれた。

自然と口元が緩む。いやあ、常に誰かいるもんだから、おちおちにやけることもできなかったよ。

「俺は自由だー。これからは畑でも耕して、のんびりと暮らして行くんだ！」

ベッドにダイブしゴロゴロと転がる。

いやあ、ここまで本当に身を粉にして頑張りに頑張ったんだ。そらもう過労死してしまわないかってくらいに。

俺には前世の記憶があった。前世の俺は日本でサラリーマンをしていたんだ。激務に次ぐ激務で、最後はオフィスのパソコンの前で意識が遠くなり、気が付いたら赤ん坊になっていた。

「公爵の息子だって！　やったぜ！　ラッキー」なんて思っていたのは三歳まで。

俺の生まれた国――ルーデル公国はそらもう崖《がけ》っぷちと言うのも生ぬるい、崖から転がり落ちてどうしようもない状態だったんだよ。

こいつはやべえ。このままだと餓死か反乱を起こされて串刺《くしざ》しのどっちかだと思ったね。

だから俺は、幼い時から父や大臣に献策し日本の現代知識を使えるだけ使い、試行錯誤しながら国を立て直そうとした。

幸い、幼い俺に対し彼らは畏《おそ》れや疑心を抱くこともなく、むしろもろ手をあげて俺を褒めたたえてくれたのだ。

その理由はこの世界にある「ギフト」って能力による。ギフトは文字通り、神からの授かりもので、生まれながらにして持っている能力だ。

俺は知識に関するギフトを持って生まれたんだと思われたんだろうな。それは間違っちゃあいないけど、少し違う。まあ、そこは特に大事なことじゃあない。

てなわけで、話を聞いてくれるのはいいが、どんどん俺に仕事が集中し、父が倒れて公爵になってからさらに激しくなり……夢の貴族的な悠々自適ライフなんて程遠くて。

それが、ここにきて聖女が国を仕切ってくれるというじゃないか。

追放を宣言された時、「やったぜ」と叫びたかったくらいだ。念のため「死刑じゃないよね」ってことも確認できたし、もうニヤニヤが止まらなかった。

だけど、みんなの手前、喜ぶわけにもいかず今に至る。

「公国はもう軌道にのったし、よほどのことをやらかさない限り大丈夫だろ」

枕の下で両手を組み、両足を投げ出した姿勢でボソリと呟《つぶや》く。

聖女はお金と家の者を持たせてくれたし、俺の住む屋敷まで準備してくれた。

いやあ、至れり尽くせりとはこのことだねえ。スローライフってやつを満喫してやろうじゃないか。

なんて考えながら、この日はいい気分でぐっすりと眠ることができた。

この日はな……。


翌朝——。

朝食の後、事件は起こる。

食器を片付けてくれているメイドの二人をぼーっと眺めていたが、邪魔かなと思って立ち上がろうとした時、壮年の執事に呼び止められたんだ。

彼は白髪《しらが》オールバックで口髭《くちひげ》が素敵なスーツの似合う紳士と、俺のイメージする執事と完璧《かんぺき》に一致している。

「ルンベルク、どうした？」

「ヨシュア様、少しお耳に入れたいことが」

「ここでいいか、それとも別室の方がいいか?」

「どちらでも御心のままに」

ふむ。てことはここにいる二人のメイドたちに聞こえてもいい話ってことか。

彼とはそれなりに長いつきあいになるが、相当切れる。その昔、辣腕《らつわん》を振るっていたとも聞く。

といっても、この屋敷にいるのは二人のメイドに庭師が一人で俺を含めて五人しかいないんだけどな。

「じゃあ、ここで。何があった?」

「食糧が少々足りなくなる恐れがございます」

え、どういうこと?

食糧は充分持ってきているし、庭でほそぼそと畑をやって暮らしていけばいいんじゃないのか。

「不毛の土地だということを懸念しているのか?」

「はい。恐れながら」

「大丈夫だよ。万が一、育たなかったとしても買い出しに行けばいいだろ」

「それは難しいかと存じます」

ん?

何か話が噛《か》み合わないな。

え、もしかして……さあっと俺の顔から血の気が引く。

椅子から立ち上がり、若干ふらつきながらも、ゆっくりと窓枠に手をかけ窓の外へ目を向ける。

二階から見下ろした庭は植木など一つもなくだだっ広いだけであり、野生動物の侵入を阻むことができるよう家と庭を囲むように柵《さく》が設置してあった。

問題はそこじゃあなく、門だ。

門付近に想像だにしていなかったことが起こっている。

「ま、まじか……」

クラリと崩れ落ちそうになるが、心を落ち着け、何とか踏みとどまった。

「ヨシュア様をお慕いし、着の身着のままで追いかけてきた者たちがあれほど」

門にはたくさんの人だかりがあったのだ。俺がここに来てからたった一日だというのに！

馬車や馬で追いかけてきた者たちだろうか。いや、俺は中央からここまで馬車でやってきたから、この場所にもっと近いところに住んでいた人たちなら徒歩かもしれん。

茫然《ぼうぜん》としている俺を感動しているとでも勘違いしたのか、音も立てずに歩いてきた執事のルンベルクが絹のハンカチを目元に当てる。

「ヨシュア様。追放されたとはいえ、やはりヨシュア様こそルーデル公国の……」

「そ、そうだな……」

あ、あああ。頭痛が。

執事のルンベルクだけでなく、メイドの二人まで感動でむせび泣いているじゃあないか。

分かる。俺には見えるぞ。

あれは第一陣に過ぎない。馬などと共に来た足の速い者、近くにいた者だけがここに来ているに過ぎない。

「確かに……食糧が足らなくなるな……は、はは」

「ヨシュア様なら必ずや」

ま、負けねえ。俺は必ずここで惰眠を貪《むさぼ》ってやる。

要は食糧問題を解決し、安全を確保すりゃいいんだろ。こうなりゃとっととやって、終わらせてやる。

「ルンベルク」

彼の名を呼ぶと、なぜか彼は「ほう」と眉《まゆ》をあげ途端に顔が引き締まった。

ルンベルクはたまにこう、野獣のような獰猛《どうもう》な笑みを見せることがある。まあそれが彼のやる気スイッチが入ったってことなんだろうけどね。

「なんなりとお申しつけ下さい」

「話が早くて助かる。まずは屋敷にいる三人を集めてくれ、場所はそうだな……書斎を執務室にするか」

「承知いたしました」

いつの間にかルンベルクの後ろに立っていたメイドの二人も深く礼を返す。

ハウスキーパーってみんな足音を立てないものなのかな……たまに後ろに立っていてドキリとすることがある。

まるで気配を感じないんだもの。

ルンベルクにそのことを尋ねてみたら、家主の耳を汚さぬようとか言ってたな。

この世界でメイドを雇う人ってどんだけ神経質なんだよって思ったものだ。

あ、すでに四人ここにいるから、わざわざ移動する必要もないか。

「いや、やっぱりここでいい。場所は大して重要じゃないからな。アルル。バルトロを呼んできてもらえるか」

「かしこまりました」

虎柄の猫耳を持つ小柄なメイドで通称アルルことアルルーナがぼそりと返事をする。

おっと、一つ言い忘れた。

「窓から行ってもいいよ」

「ありがとうございます」

早い方がいいからな。彼女は猫耳族という獣人種だから、生まれながらに猫のように身軽だ。

なので、二階から飛び降りることなんて朝飯前。

「エリー。筆記具の準備を」

「畏まりました」

もう一人は艶やかな黒髪を持つ人間のメイドで通称エリーことエリーゼ。

すっと切れ長の涼やかな目をした優し気な雰囲気を持つ彼女は、お淑《しと》やかな淑女といった感じだ。

前髪が真《ま》っ直《す》ぐ横に切り揃《そろ》えられていることも、彼女の柔らかなイメージにピッタリだと思う。

ぼそぼそと喋《しゃべ》るアルルと異なり、彼女はしっかりとした敬語を使いこなす。

「ルンベルク。もしあれば、大きな黒板か紙を」

「黒板がございます」

美麗な礼をしたルンベルクが別室へと消えて行った。

ふう。

とりあえず、対策会議だ。

さて、どうしたものか。

椅子に腰かけ、両手を組み顎《あご》をそこに乗せる。

「お待たせ、ヨシュア様」

ってもう来たのかよ。早いって。

軽ーい感じで右手をヒラヒラさせた三十歳くらいの男がダイニングルームに顔を出す。

彼と並ぶように猫耳メイドのアルルも立っている。

「早いな。バルトロ」

「いやあ。アルルが急《せ》かすもんだからなあ。多少焦ってても変わらねえってんのに」

バルトロが無精ひげに手をやり、「なあ」とアルルへ目を向ける。

「ヨシュア様に無礼。許さない」

猫耳をペタンと頭につけ、目をギラリと輝かせるアルル。

俺自身がバルトロの口調に文句をつけていないし、認めているんだけど、どうもほかのみんなが反応しちゃうんだよな。

　個人的には敬語口調よりバルトロのようにフランクに会話してくれる方が落ち着く。

　不穏な空気が漂いそうになってしまったので、このまま放置するわけにもいかず、腰を浮かして両手をあげ二人に向かって言った。

「ま、まあまあ。二人とも、とりあえず座って」

「いや、立ったままでいい」

「着席。おそれおおい、です」

　二人は異口同音に謝絶する。

　どうしたもんかなあと浮いたままの腰を降ろすに降ろせないでいたら、もう残りの二人も戻って来てしまった。

　彼らは俺を中心に右左に分かれて直立し、俺の言葉を待っている。

「ルンベルク、エリー、アルル、バルトロ。本来屋敷のことを任せている君たちに頼むのはお門違いだと分かっている。だけど、少しの間だけでも力を貸してくれないか」

　立ち上がり、一人一人の顔を見て頭を下げた。

　領民がゼロなら予定通り、畑をほそぼそと耕しながら時折買い出しに出る生活でよかった。だけど、俺を追って領民がやってきたとなれば話は別だ。

　ここには官吏の一人もいやしない。頼れるのは彼らだけ。

「何をおっしゃいますか。我々ヨシュア様のためならば、身を粉にしお力添えをしたい所存です」

ルンベルクが力強く頷《うなず》き、ほかの三人も同じように頷きを返す。

「ありがとう。そのうち領民の中から少なくとも文官は選出する。さっそくだけど、早急に対応しなきゃならないことから議論を行う」

ルンベルクが用意してくれた黒板に丸い円を描く。

「ここが俺たちの屋敷。不毛の地とは聞いていたが、草木は自生している。一面の大草原ってわけじゃあないけど」

荒地という表現が一番しっくりくるかな。

ちょっと危険が伴う業務になってしまうが、頼む人が彼らしかいない。まずは聞くだけ聞いてみることにしよう。

「まず、周辺の探索を行いたい。一つ、川や湖などの水源があるかどうか。二つ、周囲に危険な猛獣がいないか、狩りに適した動物がいるかどうか。三つ、自生している植物の採取だ」

「承知いたしました。探索は私とバルトロにお任せ下さい。近くの植物採集でしたらメイドの二人でもよろしいかと」

「うん。領民の中から腕っぷしの強い者にも協力を要請しよう。馬は何頭連れてきている？」

「四頭ございます」

自分で言ったことを書きだし、担当者の名前を記入していく。

「よし、次は領民に会いに行く。全員で行くぞ」

「承知いたしました。護衛はお任せ下さい」

「いや、そういうつもりでは……。みんなを危険に晒《さら》すわけにいかないし……」

「何をおっしゃいますか！　我ら、あなた様のために肉の盾となれるのでしたらこれ以上の喜びはありません」

「あ、う、うん……」

ちょっと待て。どんだけ覚悟決めたハウスキーパーなんだよおお。

何としてでも護《まも》ろうとしてくれる気持ちは嬉《うれ》しいけど、非戦闘員に盾になれなんて鬼畜なことできるわけないじゃないか。

「ヨシュア様のお優しさ、私どもは重々理解しております。ですが、我々とて多少の訓練は受けております。悪漢程度、打ち払ってみせましょう」

「むしろ、そっちのが」

ルンベルクに続き、何かを言いかけたバルトロの口をアルルが塞《ふさ》ぐ。

「いや、心配しなくても大丈夫だよ。俺を慕って僅《わず》か一日で集まってくれた人たちなんだ」

軽い口調でそう言って、会議を打ち切る。

さあ、お次は集まった領民候補たちに会いに行くとしようか。

◇◇◇

あ、あの、えっと。

屋敷の外に出たところで困惑してしまう。

前にルンベルクとバルトロの二人、後ろをメイドの二人が固めているんだ。

どんだけ物々しい厳戒態勢を敷いているんだよ……。俺、護ってって言ってないよね。むしろ、やめようって言ったよね？

「歩調を合わせていただく必要はございません。我らが合わせます」

後ろを振り向きもせずこともなげに言ってのけるルンベルク。

前を行く彼とバルトロと俺の距離が微塵《みじん》もズレないとは恐るべし執事力。いや、バルトロは庭師だっけ。

歩き辛《づら》そうにしていることを察してくれたんだろうけど、そうじゃない。歩く速度で困惑しているわけじゃない。

「お任せ下さい。後ろはどのようなことがあろうともお護りいたします」

「いや、あ、うん……」

エリー。その厳しい視線は僕、必要ないと思うんだ。ここは戦場でもなんでもなく自宅の庭な。まだ何も植えていないから何にもない見通しのいい庭を歩いているだけなんだよ？

それも屋敷の玄関から真っ直《ます》ぐ進んでいるから後ろに何もいないだろうに……。

どんだけ警戒してんだよ、ほんと。

そして、歩き始めたところでお次は――。

「ヨシュア様！」

「公爵様だあああ！」

「我らの公爵！　ルーデル様！」

あまりの歓声に耳を塞ぎそうになる。

さすがに俺のために声をあげてくれている人の手前、失礼かと思い表情にも出さぬようぐぐっと堪《こら》えた。

「ヨシュア様、これを」

ルンベルクの声にハッとなり前を向いたら……台座が、いや演壇があった。

いつの間に、いや一体どこから持ってきたんだこれ。

「元領民たち、いえ、これより領民となる者からの善意です」

「そ、そうなんだ。は、はは。じゃあ、ありがたく登らせてもらうよ」

「はい。ご尊顔が皆からよく見えることと思います」

どんな羞恥《しゅうち》プレイだよこれ。

何だかこう、学校の校庭でオハナシする校長先生の気分だよ。

ちらっと後ろを見やるとエリーは頬《ほお》を紅潮させこちらに熱視線を送っているし、アルルもまた頬を染め、耳と尻尾《しっぽ》をぴんと立てワクワクしている様子。

え？　集まった人たち？　うん、そらもう絶好調だよ。

登ればいいんだろ、登れば。

演壇に登ると、人々の熱気は最高潮になる。

もう歓声が鳴りやまない、すげえな、よくこんな声が出るよな。集まった人たちの中には年配の人もいるというのに。

あ、見知った顔も何人かいるな。

聴衆の反応を見ながら、演説するしかないか。

両手をあげた途端、集まった人たちは水を打ったようにシーンと静まり返る。

皆一様に固唾《かたず》を飲んで俺の次の一言を待っているようだった。

「ルーデル公国の諸君。諸君らはこの地『カンパーランド』へ追放された私を追い、ここまで来てくれたのだろうか？」

ここで言葉を切り、周囲を見渡す。

うわあ、ちょっと待って。号泣している人もいる……ちょ、ルンベルク、お前もか。

「諸君は豊かになったルーデル公国を選ばず、ここに来たというのだろうか。私を、この私を盛り立てようと」

「我らの主《あるじ》は公爵様だけです！」

「ルーデル公爵万歳！」

「ヨシュア様万歳！　我らのヨシュア様！」

ぎゃあああ。

この流れで「私のことはよいから、公国へ戻れ」という感動的なセリフなんて言えるわけがない。

「諸君、この地で私と共にここに在ろうというのか。この地には何もない。不毛の土地だと聞く。

それでも諸君らは我と共に在ろうというのか」

――ウオオオオッと大歓声があがる。

そうかよ。分かったよ。腹を括《くく》れってことだな。やってやるよ。

「三年だ。三年で諸君らを安全に食に飢えることのないようしてみせよう。その時こそ、私は象徴として引退し、諸君らに全《すべ》てを任せよう」

「僅か三年で！　なんという！」

「さすが我らの賢公！」

「我らの将来は約束された！　この土地はすぐに理想郷となりましょう！」

後ろの方、ちゃんと聞いてた？

三年のところだけ切り出してない？

大丈夫だよね。やるからにはとっとと終わらせる。そして、惰眠を貪《むさぼ》るのだ。

「さっそくだが、糧食があるうちに急ぎ動きたい。それぞれ、得意分野に分かれて整列してもらえるか。ルンベルク、屋敷の者に指揮をとらせてくれ」

「御心のままに」

流れ落ちる涙を拭《ぬぐ》おうともせず、ルンベルクはテキパキとバルトロらに指示を出す。

「ざっくりでいいから、農業チーム、土木チーム、工作チーム、子供たちや老人に分けて欲しい」

本当は鍛冶《かじ》、採掘、採集とか細かく分けたいところなんだけど、集まった人数は百名程度だからな。

まずは大雑把に分けて、その中から役割分担をしないと管理が全くできない。ルンベルクらにはそれぞれ仕事を任せているから、俺一人で全部仕切るのは無理だ。

ざっくり分けて、その中からリーダーを決め、さらに分割して……と指示系統を定めないと。

なあに最初だけさ。そのうち自然とまとまってくる。

分かれた結果、農業チームが八割で、残り二割が土木と工作、子供たち老人となった。

農業チームの中から狩猟に長《た》けた者、採集に長けた者を抽出しルンベルクとバルトロら探索に向かう一団に加える。

ほかの人たちは、畑作りに精を出してもらうことになった。といってもまだどんな作物を植えるのか決めていない。だけど、耕さなきゃ何の作物も育てることができないからな。

工作チームは土木チームと協力してまず伐採に精を出してもらう。とにかく木材がなきゃ家さえ建てることも敵《かな》わない。

◇◇◇

――その日の昼下がり。

屋敷の広間に布を敷き、エリーとアルルが採集してきた植物を置いていく。

「お、ちゃんと根っこも抜いてきてくれたんだな」

「はい。植物の根が食用になるものもございますし。ヨシュア様が教えて下さったのです」

「そんなこともあったかな……」

俺とエリーの会話に耳をぴこぴこさせて聞いていたアルが割って入ってくる。

「わたしの故郷。ヨシュア様が。飢えずに暮らしていけるようにしてくれた。だから、ここでも」

「はは。植物に関しては任せろ。周囲に適した作物がなきゃ、ほかから持ってくるさ」

と言っても必ず周囲に何かあると、半ば確信しているんだけどな。

植物がそれなりに自生していたってことは、動物もいるだろ。

探索チームが見た情報次第だけど……動物が全くいないなら考えを改める必要がある。

「ともかく、考えるより行動だ。きっと、何かある」

「ヨシュア様なら必ずや」

最後の一つを布の上に置いたエリーがこちらに向け微笑《ほほえ》む。

集まった植物やら実、種は二十五種類。さあて、この中に当たりはあるかなあ。

自生している植物ならば、この地でも育てやすいはずだ。できれば主食になるようなものがありゃいいんだけどな。

「少し離れていてもらえるかな。能力《ギフト》を使う」

この世界の人は生まれながらの能力——ギフトを持つことがある。

全員が全員というわけじゃあないが、俺はギフトを持って生まれた。この能力と現代知識チートを組み合わせると農業に関しては無双できるんだぜ。

ギフトの名は「植物鑑定」。

あ、今、地味とか思っただろ。鑑定のギフトは結構種類があって、何でも鑑定できるものから、俺のように限定されたものまで様々だ。

俺の鑑定は文字通り植物に特化している。

しかし、その分「詳細に」分かるんだ。

では一つ目。行ってみよう。

「こ、こいつは……」

細長く堂々とした大きな葉を手に取り、思わず呟《つぶや》いてしまった。

さすがファンタジーだぜ、こんな植物があるなんてな。

「ヨシュア様。悲しい？」

「いやいや。眉間《みけん》に皺《しわ》を寄せているのは悲しいからじゃない。望外のことに驚いているだけなんだ」

そーっと遠慮がちにこちらを覗《のぞ》き込んできたアルルへいやいやと首を振る。

「ヨシュア様が驚かれるとは……どのような植物なのでしょうか？」

今度はエリーが興味津々といった感じで問いかけてきた。

「こいつは、キャッサバ。小麦に代わるこの地での主要な食物となれる作物だ」

ばばーんと葉を掲げてみせるが、二人にはイマイチ伝わっていないらしい。

まあそうだよな。俺もこんなものがあるなんて思ってもみなかったんだもの。

植物鑑定のギフトが示した、この葉っぱのステータスはこんな感じだ。

『名前：温帯性キャッサバ
概要：食用になる。そのままでは食べることができず、毒抜きが必要。
育て方：枝を落とし挿し木を土に植える。植えさえすれば肥料なしでも容易に育つ。
詳細：毒抜きには大きく分けて、「水につける」「天日干しで乾燥させる」「加熱する」の三種類がある。』

キャッサバだよ、この葉っぱはキャッサバなんだよ！

まさかこの世界にもキャッサバがあるなんて思ってもみなかった。熱帯性の地球産と異なり、この世界のキャッサバは温帯性らしい。

このことから、カンパーランドは温帯だってことも分かった。

温帯だといっても幅が広いから、夏は暑く、冬は雪に覆われるかもしれないけど……。現在の季節は春。これから農業をするには最適な季節だ。

冬までにたんまりと食糧をためて、冬を越える準備をすることができるからな。

おっと、キャッサバだった。地球のキャッサバは「世界で一番栽培がラクチン」と言われている。この世界のキャッサバがこれに近いものだとすれば、本来なら農地にならないような土地でも余裕で育つ作物となってくれるはずだ。

難点はシアン系の毒を含んでいること。だけど、毒抜きの方法は「植物鑑定」が教えてくれる。

「この葉が小麦になるのでしょうか？」

「いや、芋類のように根っこが膨らんで球根みたいになるんだ。それを掘り返して加工し、パンにできる」

「どのような味になるのでしょう。楽しみですね！」

「芽がついた部分が入るように枝を小さく分けて、土に挿す。それだけで育つんだ」

「承知いたしました。お任せ下さい」

背筋をピシッと伸ばしたエリーが深々と礼をする。

キャッサバをすり潰《つぶ》して粉にし、保管しておけば大丈夫だろ。あ、そういや、タピオカの原料だったよな。

タピオカティーも楽しめたら嬉《うれ》しい……そのためには紅茶と砂糖が必要か。

あ、あと牛乳も欲しい。いやでも、牛乳には嫌な思い出も……あるからなあ。

「牛乳っていやあ、家畜の飼料にも使うことができるな、うん」

「一から十を作り上げる。さすがヨシュア様です！」

「やっぱり。ヨシュア様。すごい！」

二人が感激したように頬《ほお》を桜色に染め、褒めたたえてくれた。

次々に妄想が広がって、つい口に出ただけだから俺としては結構気恥ずかしい。

はははと後ろ頭をかき、残りの植物を確認していくことにした。

一時間後——。

「こんなもんかな」

ずらっと並べた作物候補に目を細める。これほど見つかるとは思ってもみなかった。

彼女らの持ってきてくれた二十五種のうち、三種類が食用になるものの欠片《かけら》だったんだ。

「不毛の大地と聞いておりましたが、この地は豊かな実りをもたらすのではないでしょうか?」

エリーの言うことももっともだ。不毛だなんてとんでもない。単に食べられるものがルーデル公国と違い過ぎて、食わず嫌いだっただけなんじゃないだろうかと思えるほどだった。いや、栽培方法が分からなければ、育てることもできない……のかもしれない。

カンパーランドは気候こそ異なるものの中央アメリカ原産の植物と似たようなものが多くあることが分かった。

しかも調べている最中にも農業チームの人たちが近くで採集したものを届けてくれたりして、食べられるものをさらに発見できた。

ルンベルクら探索組も持ち帰ってくれるだろうから、それと合わせれば俺の治めていたルーデル公国を含む隣国を特に頼らずとも生活していけそうだと確信している。

発見したのはサツマイモ、唐辛子、ズッキーニ、トウモロコシ、ピーマン、アボカド、イチゴ、パパイアなどなど。見つかっていないけど、この調子ならジャガイモやカボチャなんかもありそうな気がする。ほかは野草からサラダにできるものを地道に探していくとするか。

「エリーは農業チームの人たちを集めてきてくれないか。アルルは俺と一緒に庭へ選んだ作物を並べよう」

「畏《かしこ》まりました」

「かしこまりました」

俺の指示に対し、彼女らは二人揃《そろ》ってビシッと背筋を伸ばし返事をした。

◇◇◇

日が暮れようとする頃《ころ》、ルンベルクらが戻って来る。

さっそく彼とバルトロを呼び、情報を聞くことにしたんだ。

今回は書斎に黒板を運び込み、俺はカウチに、彼ら二人は対面のソファーに座ってもらおうとしたんだけど……着席してくれず直立したまま報告会と相成った。

別に座るのが失礼ってわけでもないだろうに。いずれもう少し親しみやすくなってもらえるよう説得しなきゃだな。

あんまり畏まられると却《かえ》ってやり辛い。

「私が北側、バルトロが南側を探索してまいりました。まずは私からご報告させていただきます」

執事然とした優雅な礼をした後、ルンベルクが語り始める。

北は徒歩で三十分ほど行ったところに中規模の川が流れていて、そのまま渡河することは難しいくらいの流量があるらしい。

潜っていないので深さは分からないけど、川幅が二十メートル以上あるのでそれなりに深いと推測されるとのこと。

川の向こうは切り立った崖《がけ》になっていて、その先は見えず。川を北上……屋敷から見て北東方向に進むと木の密度が濃くなりよい狩場になるのではとルンベルクが言う。

反対側は逆に木がまばらで荒涼とした大地が広がっている。

黒板にルンベルクから聞いたことを書き留めながら、ざっくりとした地図を描く。

「ありがとう。次、バルトロ頼む」

「んっと。説明は少し苦手なんだが」

バルトロが喋《しゃべ》り始めたところで、ぞわっと背筋が粟立《あわだ》つ。

あ、うん。

「ルンベルク、俺は口調なんて気にしていないから、バルトロを睨《にら》むのはよせ」

「失礼いたしました」

全く、何度目になるんだよ、このやりとり。

「必要なことは形式じゃあない。報告しやすいように語る方が大事だからな」

「御心のままに」

恐縮したように両足を揃え、深々と頭を下げるルンベルク。

一方でバルトロはバツが悪そうに鼻先を指でこする。対照的な二人だけど、俺はどちらも好ましく思っている。

二人とも俺のためにこれまで粉骨砕身、働いてくれていたことを知っているのだから。

くすりとしたら、二人ともハッとしたように顔が和らぐ。

「もっと気楽に行こう。大丈夫だよ。農作物は何とかなりそうだから」

「左様でございましたか！　僅《わず》か一日で……ヨシュア様の慧眼《けいがん》にはいつも驚かされます」

くわっと目を見開き、声をあげるルンベルクの勢いが少し怖い。

気楽にってさっき言ったばかりじゃないか。もう。まあ、硬過ぎるところが彼のいいところでもある。

「それじゃあ、改めて、バルトロ。報告を頼む」

「おう！」

胸をドンと叩《たた》いたバルトロが、状況を語り始めた。


バルトロの見聞きした情報を整理すると――。

南東部は北東部にあった森林地帯と繋《つな》がっていると思われた。南部はずっと荒涼とした大地が続いており、木々もまばらで赤茶けた大地が広がっている。

南西部はストーンと落ちる崖があって、深さが百メートル近くあるのだそうだ。落ちるとまず生きて戻れないと言う。

その時のバルトロの顔が好戦的過ぎて少し怖くなった。行きたいのか、崖の下に……。

「二人とも探索ありがとう。何か目に付いた植物や動物はあったかな？」

「鹿とイノシシは見かけました。狩猟してはおりませんが……もう一つ、珍しい黄緑色の果実を発見いたしました」

「俺も植物を持ち帰ったぜ。特に気になったものがあってよ」

二人ともちゃんと何らかの発見をしてきてくれたのか。ありがたい。

「バルトロ、持ち帰ったものを見せてくれないか」

バルトロは無精ひげに手を当てコクリと頷《うなず》きを返した後、持ち帰ったものを取りに部屋を辞す。

一方ルンベルクといえば、俺が頼む前にすでに動き出していて、黄緑色の実とやらを取りに行っていた。

先に戻ってきたルンベルクが執務机の上に布を広げる。

そこには彼の言った通り、黄緑色の果実が二つ転がっていた。

縦に筋が通っていて先細りの円形といった形をしている。長さは十センチほど。

なんだろう、これ。見たことのない果実だけど……。

見るより使えだな。能力《ギフト》を。

「グアバか！　なるほどな」

この黄緑色の果実はグアバの実だった！

地球だと熱帯性だけどキャッサバと同じく温帯性のグアバなんだと。

喜色を浮かべる俺の様子をじっと見つめていたルンベルクに気が付き、ワザとらしくコホンと咳《せき》をする。

「ルンベルク。こいつはグアバといって、フルーツの一種だ。割ると……あ、ナイフを」

「いえ、それには及びません」

ルンベルクの腕がブレた。

どうぞと目配せし頭を下げる彼に促され、グアバの実に触れると……パカンと中央から真っ二つに割れたじゃないか。

「……な、何が」

「執事のたしなみでございます」

ナイフがなくても主人にフルーツを提供することが本当にたしなみ、なのか……。

激務過ぎてあまり家にいることがなかったから分からなかったけど、この世界の執事って大変なんだな。

は、ははは。それにしても今の手刀だよな。見えなかったけど、手で果物をパカンなんて俺にはとてもじゃないができる気がしない。

お、おっと、黄昏《たそがれ》ている場合じゃない。

「お、おお」

「美しい色をしておりますな」

ルンベルクが白い口髭《くちひげ》と眉《まゆ》をピクリとあげる。

俺は俺で開いたグアバの色にほおと息を飲んでいた。

中はレンコン柄になっていて、外側は蛍光色のような赤色で中はクリームがかった白。

夕食のデザートに食べてみよう。もちろんみんな一緒にね！

「お、おお。何だか美しい果実だな。こっちも面白い形をしているぜ」

ちょうど部屋に戻ってきたバルトロが、「よお」とばかりに右手をあげる。彼が左手に掴《つか》む果実が何かは、一目で分かった。

あれはパイナップルだ。

カンパーランドはやはり中央アメリカと植物相が似ているみたいだな。気候こそ熱帯ではなく温帯らしいけど。

中央アメリカ産でほかに有名なものといえば……トマト、ジャガイモ、カボチャか。

どれも発見したら、いい作物になるぞお。ジャガイモは特に救荒作物として有名だけど、キャッサバがある以上これに勝る救荒作物はない。

ふふ、ははは。こいつはカンパーランドで農業無双できそうな気がしてきたぞ。

「お、その顔。さすが、賢公ヨシュア様だぜ。すでにご存知《ぞんじ》だったたか」

「一応、ちゃんと調べる。そこに置いて欲しい」

「あいよ」

どんと置かれたパイナップル。緑の葉っぱといいゴツゴツした表皮といい、俺の記憶にあるパイナップルとおんなじに見える。

調べてみたら、やはり温帯性のパイナップルだった。しかし、詳細のところの最後に「キラープラントが好む」って記載されていた。

「これは育てるか悩むな……」

「何かご懸念があられるのですか？」

ルンベルクの問いに顎《あご》に指先を当て眉根《まゆね》を寄せる。

特に隠す必要もないか。

「これはパイナップルという果物なんだけど、キラープラントってのを呼び寄せてしまうっぽいんだ。名前からしてモンスターな気がしてさ」

「一度、私の方で試してみましょうか？」

「危険を呼びよせることになるかもしれないから。離れた場所で、かつ周囲に魔物の危険がないと判断してからにしよう」

「承知いたしました。浅はかな考え、誠に申し訳ありません。民の安全こそ最優先事項でした」

「いや、試してみたいのは俺もそうだからさ」

舌をペロリと出して、ルンベルクへ親指を突き出しおどけてみせる。

そのまま続けて柔らかな顔を作りパンパンと手を叩く。

「そんなわけでパイナップルも食べてしまおう。念のため食べられない皮と葉っぱは焼却しよう」

「畏まりました」

報告会はこれにて解散となった。

んー。やることが山積みだな……手分けしてもらって一つ一つこなしていかないと。

短期的に安全を確保するには周辺地域の狩猟、討伐でいいが、護《まも》るべき壁がなければ全方位警戒

しなきゃなんない。

壁を建築するには資材が必要だし……加工するための施設も。

施設といえば農具だって、だああ。考えていたらキリがない。

適材適所、やれるだけやるしかねえな。

激務の予感にほろりと一筋の涙が流れる俺であった。

——翌朝。

パン、チーズ、デーツというレーズンを大きくしたような甘いドライフルーツ、ハムがテーブルの上に並べられている。

「ヨシュア様、お待たせいたしました」

「あ……」

「俺は水で頼む」と言うのが遅かった。

エリーがコトリとテーブルに置いたグラスには、鮮やかなオレンジ色のジュースがなみなみと入っていた。

ほかのみんなはどうなんだ？

どうやら、俺と異なり水が用意されている。

「みんなが水なのに、俺だけ飲むのは」

「これで最後になります。ヨシュア様にこそお飲みいただければと」

エリーの言葉に集まったほかの人たちも当然だという風に無言で頷きを返した。

いやほら、ルンベルクが昨日《きのう》こいつを飲んだ時、満足していたじゃないか。

だから、彼に飲んで欲しい、なんて。

だあああ。分かったよ。そんな目で見ないでくれよ。飲めばいいんだろ飲めば。

このオレンジ色のジュースの正体は、グアバとパイナップルなのだ。

どっちもまだ熟成していなくて……。


「ごくごく」


一気に飲み干した。

す、酸っぱい。酸っぱ過ぎる！

で、でもこれでこのジュースは打ち止めだ。後は水になるんだよな！


「それほどお気に召したのでございますか。本日も採集してまいりましょうか？」


ルンベルクが余計な気を回してくる。

いや、俺の顔を見たらどういう思いか伝わるだろお。

もうこれでもかってほどに顔をしかめている。

朝食後はさっそくみんなに働いてもらわなきゃならないからな、せめてゆるりとした時間を少しの間だけでも過ごして欲しい。

そんな朝のひと時だった。

酸っぱい……。まだ舌に味が残ってる。

閑話一　ヨシュア追放後のルーデル公国四日目

ルーデル公国公都ローゼンハイム――。

ルーデル公国の要《かなめ》である公都ローゼンハイムは公国の中でも最大の人口を誇る。

その数、なんと二十万人。この数は隣の都市国家であり世界最大の都市人口を擁する港湾都市ジルコニアの三分の一近くに及ぶ。

ローゼンハイムは海から離れた土地にある都としては、有数の都であることは誰《だれ》しもが認めるところだ。

ところが、繁栄を謳歌《おうか》していたローゼンハイムに暗雲が垂れ込め始めていた。

中央商店街はこれまでと同様の賑《にぎ》わいを見せていたが、「ルーデル公爵追放」の噂《うわさ》はまことしやかに囁《ささや》かれていたし、衛兵も浮足立っているように見受けられた。

大混乱をきたし、最も如実だったのは公国の政治中枢である。

ヨシュアが消えてから日に日に彼の部屋の前に並ぶ行列は長くなっていた。

「ルーデル公爵！　公爵様はおらぬのかああ！」

「公爵様、こちらの書類に……」

「私が先です！　公爵に農業政策についてご相談がと先だってお約束をしておったのです。やっと今日、お会いできる日なんです！」

「それでしたら、私の方が！　私なんて昨日のお約束でまだお会いできていないのですよ！」

不敬だと理解しつつも、文官たちはヨシュアの部屋の扉を叩《たた》く。

だが、部屋の主《あるじ》はもういない。

聖女の手の者からヨシュアが追放刑になったことを彼らは聞いていたが、それでも尚《なお》、彼らはヨシュアを頼った。

コツコツコツ――。

その時、規則的な靴音が廊下に響き、場の空気が凍り付く。

靴音の主は、見る者が思わず吐息が出てしまうほど整った顔立ちをした美少女だった。

純白の法衣《ほうえ》を身にまとい、無表情に集まった文官たちを見やる目には憐憫《れんびん》の情さえ浮かんでいる。

しかし、文官たちの額からは冷や汗が流れ、彼らの動きが皆一様に止まってしまった。

「全《すべ》ては神の御心のままに。よろしいですね？」

「は、はい……聖女様……」

すごすごと足どり重くヨシュアの部屋の前から立ち去って行く文官たち。

「彼らは何を憂えているのでしょう。全ては神のおっしゃる通りに実行すればいいだけのこと。迷いや相談など不要です」

法衣をまとった美少女――聖女は表情を崩さぬまま右の指先でひし形を切る。

この仕草は簡易的に神へ祈りを捧《ささ》げる時にするものであり、彼女だけではなく聖教会に属する者でなくともよく見る仕草だ。

神を一心に信じる彼女は知る由もないことだが、ヨシュアが一日に会っていた文官の数は百を超える。

ひっきりなしにやってくる文官たちは彼を頼り、彼の案を求め、仕事をこなしていた。

ヨシュアは彼らに自分で判断できるように促していたが、ことが複雑になればなるほどやはり賢公ヨシュアを頼らざるを得ず、また賢公は常に適切な対処法を指示してくれていたのだ。

ルーデル公爵ことヨシュアが追放され僅《わず》か四日であるが、すでに政治中枢は大混乱し業務遂行ができなくなるまでになっている。

余談ではあるが、ルーデル公爵がこなしていた仕事は文官の泣き言を聞くだけではない。むしろ、文官との会談は彼の業務のほんの一部に過ぎないのだ。

一方、人望熱い騎士団長の元へは街の商業組合の幹部らが訪れていた。

「申し訳ない。なにぶん門外漢なもので……」

腕を組み眉間《みけん》に深い皺《しわ》を寄せた騎士団長が集まった商業組合の幹部らに心苦しげに言う。

「ですが、今、公宮内はとてもじゃないですが我々の話を聞いて下さる状況にありません」

「……」

騎士団長は連日列を成す文官たちの姿を思い出し、盛大なため息をつく。

「どうか、騎士団長様からお伝えいただけませんでしょうか」

「……伝えるだけなら」

「ありがとうございます！」

一斉に頭を下げ喜色を浮かべる商業組合の幹部たち。

「国との処理が滞っております。その上、お恥ずかしい話ですが組合長と重鎮の二人が忽然《こつぜん》と姿を消し……」

「まさか……ルーデル公爵を追って」

「恐らくそうです。最も頼りにしていたお二人がいなくなり、さらには国の統制もきかず……まだ持ちこたえておりますが、市場の平静がいつまで持つかどうか……」

「警備なら、ご協力できます。状況は文官らに伝える」

「何から何までありがとうございます。騎士団長様だけが頼りです！」

床につかんばかりに頭《こうべ》を垂れた幹部たちは、騎士団長とがっちりと握手を交わし部屋を辞す。

残された騎士団長は天を仰ぎ額に手を当てる。

「『預言』『神託』……疑う余地はないが、間違うことはないのだろうか？　この国にはルーデル公爵が必要です……」

騎士団長の悲哀のこもった声は誰の耳にも届くことはなかった。

◇◇◇

そのころヨシュア邸の門前では――。

ほぼ全ての者がヨシュアを尊敬……崇拝し彼の元へ馳《は》せ参《さん》じる。

しかし中には例外もいて、腕を組み遠巻きに様子を窺《うかが》う豹頭《ひょう》の男がその一例であった。

彼の青色の目は片側しか開かず、左目には縦にはいった大きな傷跡が痛々しい。

演壇に登ろうとしているヨシュアを厳しい目で見つめる男だったが、彼は公爵を害そうなどという気持ちは微塵《みじん》もない。

「まさか、こんなところにまで来ちまうなんてな……」

誰にも聞こえぬよう囁くように彼が呟《つぶや》く。

彼は冒険者だった。しかし、片目をやられて以降、危険な目にあうことも多くなったのだ。

彼にとって危険は大した問題ではない。

彼はただ許せなかっただけ。Sランク冒険者としての自分が。弱くなってしまった自分自身が。

「……オレは冒険者以外の生き方を知らぬ」

打算があった。

これから開拓されるというこの集落ならば、自分の腕っぷしも少しは役に立つだろうと。

あれが公爵か。小柄で華奢《きゃしゃ》な彼はほんの一ひねりしたら折れそうな印象を受ける。

冴《さ》えない男だ。

それが豹頭の男の率直な感想だった。

この男を護《まも》るのなら容易《たやす》いかもしれん……いや、衛兵にでも雇ってもらえれば万万歳か。

心の中でそう呟いた彼の目に演壇に登った公爵《ヨシュア》の姿が映る。

ヨシュアが両手をあげた。

その時、彼の脳天から足先にまで電撃にでもうたれたかのような衝撃が走る。

惹《ひ》きこまれた。

もう夢中になってしまったのだ。

「諸君は豊かになったルーデル公国を選ばず、ここに来たというのだろうか。私を、この私を盛り立てようと」

ヨシュアの声に彼は自然と腹の底から歓声をあげていた。

違った。冴えない男ではなかったのだ！

公爵の言葉は魔法のようだった。彼の一言一言がなぜか豹頭の男の体の芯《しん》を揺さぶる。

これが生まれながらの「カリスマ」というものか……。

肌で分かる。公爵がなぜこれほどまでに民に慕われていたのか。彼は公爵の実績など知らない。

だが、公爵がこれまで残してきた偉大なる軌跡が公爵の言葉となって表れているのだろうと男は思った。

男は「このお方に俺が仕えてもいいのだろうか……」と考え、いやいやとかぶりを振る。

「自分のようなならず者が、畏《おそ》れ多《おお》い」

帰ろう。

丸太のような腕にぐぐっと力を込め、拳《こぶし》を握りしめる。

「いいものを見せてもらった。オレも再び、赴こう。片目を失ったからといってなんだ。そのようなこと、些細《ささい》なことだろう」

自分に言い聞かせるように傷跡に手をやり、歩きだそうとしたその時。

「よろしければ、農業ではなく探索部隊に加わってくれませんか?」

「あ……え……」

豹頭の男はあえぐように声を漏らす。

ゾクリとした。

まるで気配を感じさせずに自分の後ろに立っていたのだから。

後ろに立っていた上品な壮年の男は物腰柔らかで、およそ戦いとは程遠いところにいるように見える。

その自然体に過ぎる紳士の佇《たたず》まいに、彼の背筋に冷や汗が流れ落ちた。

「ヨシュア様を慕い、ここに馳せ参じてくれたのでしょう。あのお方の執事として深くお礼申し上げます」

「あ、あんたは」

「私はルンベルクと申します。以後、お見知りおきを」

「オレはガルーガ。冒険者だったのだが、そんなオレでもいいのだろうか」

「大歓迎ですよ。ヨシュア様はどのようなご身分の方でも扱いに差がありません」

「そんなお貴族がいるってのか……」

「ええ。あのお方こそ、神がこの世に遣わした奇跡だと思っております」

「た、頼む。オレにも手伝わせてくれ！」

右の手のひらを自分の汚れた服にすりつけ、手を差し出す。

ルンベルクはにこやかに彼の手を取り、「よろしくお願いします」と握手をしたのだった。

第二章　目指すはカガクトシ

朝食を食べた後は、屋敷の庭に向かう。

先に出たルンベルクとバルトロに人々を庭に集めるよう頼んでおいた。

さすがに二人は仕事が早い。それほど時間をあけず外に出たというのに、庭にはもう人が集まっている。

「あ、え……」

変な声が出てしまう。

「どうかなされましたか？」

一歩後ろを歩くエリーの細い眉《まゆ》がピクリと動く。

一方でアルルは猫耳をピンと張り、すんすんと鼻をひくつかせる。

「殺気。なし」

アルルが怖いことを呟いているが、この中に俺を暗殺しようなんて人がいないことは一目見たら分かる。

それに、ルンベルクとバルトロが群衆の最前列に立って、これ以上前に進ませないようにしているし。群衆との一定の距離は保てている。

問題は、その数だ。

集まった人の数は、ざっと見た感じ昨日《きのう》の三倍ほどに膨れあがっているじゃあないか！

あ、ルンベルクがハンカチを目に当てている。

そうだよな。いきなりこの人数だと困惑しちゃうよね。うん。

「ヨシュア様、ちゃんとこいつも準備してるぜ」

バルトロが演壇を持ち上げ、ドカッと俺の前に設置しちゃった。

「ありがとう、バルトロ。一人で持ち上げるなんて力持ちなんだな」

「おうよ。庭師たるもの腕っぷしが大事だからな」

ポンと自分の二の腕を叩《たた》き、白い歯を見せるバルトロ。

へいへい。分かりましたよ。登りますよお。みなさんの今か今かと待つ視線が痛い。

トントン。

三段の階段を登り、壇上に立つ。

すると、群衆が一斉に腕をあげ大合唱を始めてしまう。

「ルーデル公爵に栄光あれ！」

「ヨシュア様！　あなた様あってこその公国です！」

「公爵様！」

「あなた様こそ、我らが主《あるじ》！」

口々にいろいろ叫んでいるが、自分を称賛する声に溢《あふ》れていた。

もう公爵でもルーデル公国の主でもないんだけどな……。

しかし、肩書や権力を失った俺に対し、ここまでの人たちが集まってくれたことには驚きを禁じ得ない。

せっかく豊かになってきたルーデル公国を捨ててまで……。俺の本心としては、ルーデル公国を十年以上かけ立て直し、ようやく安定した暮らしができるようになったのだから、そのまま公国で暮らして欲しい。

何かと思うところはあるけど、俺の腹は決まっている。

可及的速やかにインフラを整え、惰眠を貪《むさぼ》ることだ。ここでぐばあああっと働いて、一気に終わらせる。

右手をあげると、その場が水を打ったようにシーンと静まり返った。

「諸君。ここには住む家も畑もない。それでも、諸君らはここに留《とど》まろうというのか？」

優し気に群衆へ問いかける。

すると、彼らは一様に右腕を天へと突きだし——。

「我らはヨシュア様と共に在ります！」

「ルーデル様万歳！　カンパーランドに栄光あれ！」

うん、念のため確認しただけだよ。

何もない「不毛の大地カンパーランド」って知っててここに来ているのだものな。

「作物となるものはすでに当たりをつけている。衣食住、そして安全を整えるため諸君らに協力をして欲しい。頼めるか？」

ウオオオオオオオ――――！

大歓声が巻き起こる。

ものすごい熱気だ……。これから始まる過酷な労働に涙する者、いや、あれは頼られたことに対し、感激しているのだろう。

三百人を超えるとなれば、もはや集落規模ではない。

さらに人が増えることも想定し、村レベルではなく街レベルの設備を整えるべきだな。

「キミのことだ。ここで新しい街の建設を行おうというのじゃろう？」

「そうだな。ん？」

普通に応じていたけど、誰だ？

声のした方に目を向けると、狐耳《きつね》の少女がいつの間にかルンベルクの前まで出てきていた。

うん、彼女ならルンベルクが素通りさせるわけだ。俺は彼女のことをよく知っている。

十二歳くらいに見える小柄な少女なのだが、彼女は見た目通りの年齢ではない。

プラチナブロンドと言ったらいいのか、銀髪に薄い金色が乗った髪に眉麻呂、愛らしい顔はビスクドールを彷彿《ほうふつ》させる。

「セコイア。こんなところまで何用だ？」

やれやれとため息をつきつつ、狐耳の少女セコイアに問いかけた。

彼女は城で研究に励んでいたはずなのだが……。

「勝手にこんな辺境まで来るとは何事じゃ。ボクとの蜜月《みつげつ》の日々をすっぽかして」

「来たくて来たわけじゃないんだけどな」

腰に手を当てぷううと頬《ほお》を膨らましているが、騙《だま》されないぞ。

セコイアと出会ってから十年近く経《た》つけど、彼女の見た目は変わっていない。

長く生きているからか、彼女は知識欲がすごくてな。俺のいろんな現代知識アイデアを彼女が形にしてくれたことは何度もある。

だけど、それ以上に失敗した時の大爆発とか嫌な記憶の方が多いんだよねえ。

興味を持って何でも率先して試してくれるのはありがたいことだけど。

「やるんじゃろ。カガクトシってやつを。もうワクワクして体の疼《うず》きが止まらんのじゃ」

「よ、呼んでないんだけど……」

「何を言うか。ドワーフやノームの親方らを呼んでおいて、ボクだけ放置しておく理由はなかろう?」

「え?」

すっとんきょうな声をあげた俺に対し、セコイアはぶるぶると首を振りだだをこね始める。

「あんまりじゃ。あ、そうじゃろ。キミはそういう趣味趣向があったのじゃな。ほうち……」

「ドワーフの親方だと!」

変なことをのたまいそうになったセコイアの言葉に被《かぶ》せるように殊更大きな声で叫ぶ。

俺の声に反応したアルルがセコイアをお尻《しり》で押しやるようにして前に出てきて、スカートの端を両手で摘《つ》まみ頭を下げた。

「ヨシュア様。ドワーフたちをつれて、まいりますか?」

「いや、俺が迎えに行くよ。アルル。ルンベルクに昨日と同じように協力して、一旦《いったん》、領民候補をグループ分けしてくれと頼んでもらえるか」

「かしこまりました」

べーっとセコイアに向けて舌を出したアルルが、ひらりと身軽に跳躍し元の位置に戻る。

そこでもう一人のメイドであるエリーと囁《ささや》き合い、二人揃《そろ》ってではなくアルルだけがバルトロとルンベルクの元に向かって行った。

「よっし、俺も行くとするか」

「お供いたします」

壇上から階段を降りた俺へエリーがメイド然とした礼をして、付き従うことを申し出る。

三百人くらいの人たちが集まっている中を歩くのだから、危険だと考えたのだろうか。

ここに集まった人たちに危険はないんだけどなあ……。いついかなる時も警戒するってのは理解できるけど。

エリーをじとーっと見たら、彼女が長い睫毛《まつげ》を震わせ涙目になって俺を見上げてくる。

「ご迷惑でしたでしょうか……」

「い、いや。護衛なのかな」

「私では心許《こころもと》ないことは重々承知しております。ですが、あなた様の壁となることくらいは……」

「それだけはやめてくれ」

女の子を盾にして自分だけが助かったなんてことがあっては、誰《だれ》にも非難されなかったとしても俺の寝覚めが悪いよ。

「そ、そんな……私では壁となるにも足りないというのでしょうか……」

ところがどっこい、彼女はボロボロと涙を流し始めてしまった。

「いやいや、違うって。『大事な仲間』に傷付いて欲しくないのは誰しもが思うことだろ」

「わ、私があなた様の……、いえいえ、とんでもございません！」

先ほどまでの悲し気な表情は吹き飛び、頬を真《ま》っ赤《か》に染め、顔を逸《そ》らすエリー。

わ、分からん。でも、たとえメイドであろうが、一人の人間だ。俺の盾になって、は勘弁して欲しい。


あ、そういうことね。姿が見えないと思ったら、群衆から少し離れた位置にいたわ。

馬車の傍《そば》で円を描くように座った親方とその弟子らしき人たちが。

まだ昼にもなっていないというのに、すっかりできあがっていらっしゃる。

「おー。ヨシュアの。本当にこんな辺境に来たんだのお」

赤ら顔で髭《ひげ》もじゃのドワーフがビールグラスを掲げ、こっちへ来いと手招きしてきた。

「まー、まー。座るといいですぞ」

どうしたもんかと思っていたら、俺の袖《そで》を引くこちらも白い髭を生やし三角帽子を被ったノームの親方が。

ノームの彼は俺の腰くらいの背丈しかなく、耳がピンと尖《とが》り、ほっそり小柄で目にかかるほどの白い眉毛《まゆげ》を生やしている。

でも彼の皺《しわ》だらけの指は誰よりも器用に動き、眉毛に隠れて見えているか分からない目も時折眼光鋭く輝きを放つのだ。

ただし、興味を持ったことに限る。

「一体ここへ何しに来たんだよ。酒宴か?」

「んなわけなかろうて。辺境に行ったと聞いての。ほれ、作るんじゃろ。いろいろ面白いもんを」

「ですぞですぞ」

ドワーフがガハハと腕まくりしてビールを一息で飲み干す。

一方でノームは手をワキワキさせ、嫌らしく嗤《わら》う。

「ガラムもトーレもルーデル公国の店はどうすんだよ」

困ったように肩を竦《すく》め、暗にとっとと戻れと二人に諭す。

「なあに。ここに来たのは儂《わし》とひよっこ三人だからの。店の心配はせんでええぞ! ガハハ」

ドワーフのガラムがそう言って豪快に笑えば、

「某《それがし》もですぞ。ですぞ。ほっほっほ」

ノームのトーレも朗らかに笑う。

親方二人以外に全部で六人いる。彼らが修業を始めたばかりのひよっこってわけか。

ドワーフは若手か若手じゃないか分からないが、人間やほかの種族も交じっている。人間の男……いや少年の姿からして、彼ら六人が若手ってことが分かった。

「まさか、子供には飲ませていないだろうな」

「当たり前じゃ。トーレも飲んどらんぞ」

懸念を口にすると、ガラムがドンと胸を叩き更なるビールを注ぐ。

「一人でこんだけ飲んでたのかよ……」

「同族の二人は飲んどるぞ。我らドワーフにとって、酒は食事だからのお」

「分かった分かった」

ダメだこいつ、はやく何とかしないと。

赤鼻のドワーフと問答しても、まともな判断力を備えていない。

ならば、素面《しらふ》のトーレと話すことにするか。

「トーレ、ここは不毛の大地だって知ってて来たのか？　畑どころか家さえもないんだぞ」

「ほっほ。だからこそですぞ。貴殿が何をするのかもうワクワクが止まらんですぞ」

俺にとってありがたい申し出であることは間違いない。

公国に残してきた彼らの店が心配なところではあるが、本人以外の職人はみんな残っていると言うし。

「全く……分かったよ。不毛と聞いていたが、作物はありそうだし。食べ物は何とかなる」

「さすがヨシュア坊ちゃん。不毛なのはそれだけじゃありませんぞお。魔石がないと噂《うわさ》ですぞですぞ！」

嬉《うれ》しそうに片眉《かたまゆ》をあげるトーレ。

一方で俺は茫然《ぼうぜん》としてしまった。

「マジか……」

「ほっほっほ。貴殿ならどうするのか楽しみですぞお」

そっかあ。魔石がないのかあ。

「ま、何とかなるだろ。しばらくは灯《あか》り、汚物、水道などなどを我慢してもらうしかないな」

「ガハハハ。それくらい、どうとでもなろう。本来、夜とは暗いものなのだ！」

ガラムは飲んでるだけじゃなくて、ちゃんと会話を聞いてたのね。

魔石というのは、電池みたいなものだ。電気の代わりに魔力を内包していて、魔石にある魔力を使うことでランタンに灯りをともしたりすることができる。

魔石を使うアイテムのことを魔道具と呼び、冷蔵庫みたいな保冷、冷凍の魔道具とか、汚物を浄化する魔道具なんてものがあるんだ。

生活を便利にする点においては必須《ひっす》だけど、なくても何とかなる。

魔石がないなら、別の手を使えばいい。幸い、あのロリ狐《セコイア》もいることだし、実験済みだ。うまくいくかは試してみないと分からないけどな。

「ヨシュア坊ちゃん、某らの準備は万端ですぞ。ささ、始めましょう」

トーレはポンと膝《ひざ》を叩《たた》き、立ち上がる。

彼に付き従うように三人の徒弟たちも彼の後ろに並んだ。

「ギフト持ちの人はいるのかな？」

「一人いますぞ。あまり有用なギフトではないがねえ」

「へえ、どんなギフトなんだ？」

「『浄化』ですぞ」

トーレが徒弟三人のうち明るい茶色の髪をした少年の背中をポンと叩く。

少年はへへっとばかりに鼻の頭を指でさすり首を傾《かし》げた。

「浄化っていうと、水を綺麗《きれい》にしたりする？」

「う、うん！　色水を透明な水にしたりできるんだ！」

トーレに代わって少年が緊張した面持ちで応じる。

ほお、なるほど。そいつは――。

「『使える』な」

「ほんと⁉　魔道具があるから、遊び以外で使ったことないんだ」

「その時が来たら、頼むよ。俺の想像通りなら、相当『使える』。頼んだぞ、えっと」

「おいら、ネイサンって言うんだ。よろしくな、ヨシュア様」

「おう！」

ネイサンの癖っ毛を撫《な》で、彼の肩をポンと叩く。

「といってもギフトは後だ。まずやってもらうことは決まっている」

「ほお。どのようにネイサンのギフトを『使う』のか楽しみにしておきますぞ。まずは、となりますと伐採ですかな」

さすがトーレ。分かっているな！

言うまでもなかったか。

「その通り！　何をするにも木材が必要だ。伐《き》って、伐って、伐りまくるのだ。ほかの人とも協力して」

「道具はちゃんと持ってきておりますぞ。ふぉふぉふぉ」

「頼んだ。細工仕事はその後で頼むよ。いっぱいやって欲しいことがあるから」

トーレとがっしりと握手を交わし、笑いあう。

彼の領分は細工仕事だ。家具作りから細かい部品作りまで幅広く対応できる。

「儂も木こりをするかのお」

よっこらせっと地面に手をつき立ち上がったガラムは未《いま》だビールを放さない。

といっても彼の足どりは確かなようだから、大丈夫そうに思える。

「ガラムたちには別のことをやってもらいたい。スコップとツルハシは持っているか？」

「ふむ。何をするにも工房が必要だからのお。相分かった。石灰と燃焼石かの」

酔っ払っていても頭脳は明瞭《めいりょう》に動いているようで何よりだ。

彼は工房というが、住宅を作るにも石灰があった方がいい。石灰を素《もと》にモルタルを作れば家作りが捗《はかど》るからな。

さくさくと家を作ってしまいたいから、素材に関して現時点で木材とモルタルをと思っている。

もう一つの燃焼石は生活必需品で、薪《まき》の代わりになるものだ。数を使い炉に放り込めば鉄をも溶かすことができるようになる。

魔石と異なり、燃焼石がなければ相当面倒になるんだよな……でも、燃焼石はそこら中に転がっているものだからすぐに発見できるだろ。

「うん、まずはこの屋敷から見える範囲で探してもらえるか」

「相分かった。なければ探索範囲を広げるのかの？」

「その時は探索チームに協力してもらう。うちの執事《ルンベルク》と庭師《バルトロ》に相談して欲しい」

ガラムともがっちりと握手を交わし合い、お互いにニヤリと口角をあげる。

◇◇◇

二人の親方は新人弟子たちを連れさっそく動き始めた。

俺はといえば、エリーを連れ演壇のところまで戻るつもりだ。

「ヨシュア様、次は何を」

「そろそろ、ルンベルク、バルトロ、アルルたちのチーム分けが終わっていると思うから」

「指示を出されるのですね！　頼もしいです」

僅《わず》かな微笑《ほほえ》みを口元に湛《たた》えたエリーが控え目にぐっと手を握りしめた。

実作業をする方が好みなんだけど、俺より作業経験がある農家や職人の方がずっと頼りになる。

何事も適材適所……俺は頭を動かすことでみんなを働きやすくすることに注力すればいい。

指導力がある方ではないけど、俺を慕って来てくれたのだ。

ならば、何かして欲しい場合は俺から頼まねばならないだろ。

なんていろいろ理由をつけているけど、ひょろひょろだから力仕事はこなせないってのが本音である。情けないことに。

えっと、ルンベルクたちは……お、いたいた。

予想通り、グループごとに分かれひと塊になっている。

「ルンベルク、バルトロ、アルル」

「ここに」

「おうー」

「はーい」

三者三様に応じ、俺の前で一礼した。

礼の仕方も彼らの特徴が出ていて、一斉に礼をするとなんとなく少し和む。

ルンベルクはビシッと貴族も真っ青の美麗なものだし、反対にバルトロはいよおって右手をあげた挨拶《あいさつ》みたいな感じだ。

アルルはスカートの両端をちょこんと摘まみお辞儀をする。これもまた、エリーの斜め四十五度バシッという礼と好対照だと思う。

「アルル。農業チームを半分に分け、キャッサバ集めと耕作地の選定を……いや、耕作地は昨日《きのう》から準備しているところでいい。もう半分の人たちは木の伐採へ行かせてくれ」

「承知。です」

耳をピコピコさせて頷《うなず》きを返すアルル。

でも、何かを思いついたかのように尻尾《しっぽ》がパタパタ振れる。

「アルルはキャッサバの方に。根っこを集めてくれ。集めたものは俺が後から見る」

「伐採は？　どうされます？」

そういうことか。

まだ彼女には親方たちのことを伝えていなかったものな。

「そっちは大丈夫だ。ドワーフの親方であるガラムに話を通してある。あとは彼らがいい感じにやってくれるさ」

「はい！」

親方たちは畑が違えど、超一流の職人たち。憂えることは何もない。

「次はルンベルク」

「ハッ。ここに」

片膝《かたひざ》をついて、引き締まった顔になるルンベルク。

眼光が鋭過ぎて怖い……もうちょっとリラックスしようって言ったじゃないか。

ま、まあ。これがルンベルクだから、無理にどうにかしようとするより伸び伸び動いてもらった方がいい。

「北にある川へ馬で向かってくれ。馬ならすぐだよな？」

「はい。人数はいかほどで」

「それほど多くなくていい。馬の数に限りがある。やって欲しいことは威力偵察だ」

周辺を探索しつつ、危険な生物がいたら排除して欲しいということだ。

川が近くにあったのは幸いだった。もし、水源が近くにないようだったら、最悪この屋敷の退去も視野に入れていたところだからな。

「偵察の範囲はいかほどになさいますか？」

「そうだな。とりあえず馬で十分くらいの範囲でいい。川のほとりを拠点にしようと思う」

「生活には水源が必要、ということですね」

「うん。川……名前が欲しいな」

「ヨシュア様が名付けられてはいかがでしょうか？　ここは未開の地、川にもまだ名はありますまい」

うーん。

名前なあ、名付けは苦手だ。

「ヨシュア様。不躾《ぶしつけ》ながら、もう一つお考えいただきたいことがございます」

「ん？」

エリーがおずおずといった風に提言してくる。

俺に提言するのが余程気が引けるのか、彼女は口をつぐんだまま声を出せずにいるようだった。

「意見は何でも言って欲しい。一人より二人、二人より三人だ」

「は、はい。では失礼して。この地は街にされるおつもりなのでしょうか？」

「うん。まだ人が増えるかもしれないから、しっかりした設備を整えようと思っているよ」

「そうですか！　でしたら、街の名前をお決めいただいた方が良いかと愚考いたします」

「あ、うーん」

街の名前か。「ザ・タウン」とかでも俺はいいんだけど、街で暮らす人たちにとって気持ちいいものではないだろう……。

川はともかく、街の名となれば少し準備というか儀式が必要だな。

あまりやりたくないんだが、慕って集まってくれた人を抱え込むと決めた。だから、腹を括《くく》らなきゃだよな。うん。

「あ、ダメな提言なんかじゃないからさ。そんな顔をしないで欲しい」

「そ、そうだったのですか。申し訳ありません」

「街の名前となるとみんなの前で宣言した方がいいと思ったんだ。ここはみんなが住む街になるのだから」

「ヨシュア様！　その民衆一人一人に対する慈愛……素敵です！」

「は、はは。あ、そうだ。川の名前は今思いついた」

「川の名前」という発言に対し、じっと真《ま》っ直《す》ぐに俺を見つめてくるエリー。

アルルは耳と尻尾をピンと立て目を輝かせているし、バルトロは無精ひげに手を当て聞き耳を立てていた。

ルンベルク？　彼は片膝をついたまま眉《まゆ》があがり一言一句聞き逃すまいといった様子である。

「川の名前はルビコン川とする。ここから始まるって意味を込めて」

「その名にそのような意味が。このルンベルク。しかと心に刻みました」

肩をぶるりと震わせたルンベルクが右手を胸に当て、頭を下げた。

ルビコン川の意味と言われても、この世界の人たちに分かるわけがない。だけど、それがいいと思ってこの名をつけたんだ。

ルビコン川とは、古代ローマの英雄カエサルの言葉が有名で日本でもよく知られている。

当時、ローマとの境界線になっていたルビコン川を渡ることに躊躇《ちゅうちょ》した兵士に対し、カエサルがこう言った。

『ここを渡れば人間世界の破滅、渡らなければ私の破滅。神々の待つところ、我々を侮辱した敵の待つところへ進もう、賽《さい》は投げられた』

この故事が転じて、「ルビコン川を渡る」とは「重大な決断を下すこと」の例えとして使われている。

俺が込めたかった意味とは、この地からまた改めて始めるんだという決意だ。

といっても、こんなの気恥ずかしくて誰《だれ》にも知られたくない。そういう意味で、ルビコン川は最適だったってわけだよな。

川の名前を聞くたびに、思い出せる。ここから全《すべ》てが始まったんだってさ。

もちろん、忙しかった過去を懐かしむ時は、だらだらと惰眠を貪《むさぼ》っている時でありたい。

「さあ、この話は終わり。次はバルトロ」

気恥ずかしくなって、頰《ほお》が熱くなる。それを誤魔化《ごまか》すように彼の名を呼ぶ。

「おう。俺は何をすればいいんだ？」

「バルトロには西か南の荒地か東の森林、どこかの探索と採掘を頼みたい」

「採掘？　石をとってくりゃいいんだな」

「うん。ついでに黒い池とか変わったものがないか見て欲しい。あ」

「ん？」

「行くなら、足手まといかもしれないけど、セコイアも連れていってもらえるか？」

「お安い御用だぜ。俺の乗る馬に乗せる」

「助かる。人数は任せるよ」

「あいよ！」

セコイアはエルフほど森での感知能力に優れているわけじゃないけど、彼女の好奇心はきっと探索の助けになる。

俺の言う「変わったもの」ってところを最もよく理解しているのが彼女だ。

鉱石でも砂でも、草木や水でさえ、彼女は興味を持って接してくれる。周辺にどんな資源があるかによって、いろいろやれる手段が変わってくるからな。


三人が動き始め、俺とエリーの二人が残された。

睫毛《まつげ》を伏せ、お腹《なか》の下の方でギュッと両手を組みうつむいている彼女へ声をかける。

「エリーには子供たちの様子を見て来てもらおうと思ったけど、残ってもらわなきゃいけなかったから」

「私が？」

「うん。だって、誰か一人は俺の護衛につくんだろ？　これからここに残った人たちの様子を見に行くつもりだからさ」

「はい！」

全く、自分から護衛を申し出てたんじゃないか。自分だけ指示がなかったことに落ち込んでいたのかな？

だけど、住民の人たちに危険はないと言っているというのに念には念をの精神を忘れないハウスキーパーたちだから、誰か一人でも護衛役にすべきだろう。

といっても、もしモンスターやらが襲撃してきたとして……作業中ではあるがこれだけの人数がいるんだ。撃退するのも難しくないだろう。

でも、ハウスキーパーの四人が過剰とはいえ、俺のことを案じてくれることを嬉《うれ》しく思っている。

心配性なハウスキーパーたちを思い、「やれやれ」と苦笑した。

「そういや、エリー。ほかのみんなもそうだけど」

「何か不測の事態でしょうか……申し訳ありません。私には殺気を感じとることができておりません」

どうやら苦笑したのが裏目に出たようだ。残念ながら、俺に危険察知能力なんてない。どこをどうしたら殺気とかそんな話になるのか意味が分からないけど、説明を求めても理解できないと思うのであえてシンプルに聞き返すとしようか。

「危険はなにもないと思うよ？」

「そうでございましたか」

ここは世紀末な無法地帯じゃないんだってばあ。あ、でも、無法なことは確かか。いずれ最低限の決まりごとくらいは作っておかなきゃならんな……。

それはともかく、歩きながらふと思い出したことをエリーに尋ねようと思ったんだよ。

「足音、全く立てないよな。ルンベルクからは執事のたしなみと聞いているんだけど、庭師やメイドにも必要なことなの？」

「修練……いえ、訓練は必要です。足音を立てていては気が付かれ……いえ、ご主人様のお耳を煩わせます」

「そ、そっか……俺には無理そうだよ」

随分前にルンベルクから聞いたことだったから記憶が曖昧《あいまい》だったけど、この世界のハウスキーパーはどんだけ苛酷なんだよって話だ。

猫族のアルルは種族的に忍び足が得意そうだけど、ほかの三人は俺と同じ人間なんだぞ。

そもそも足音を立てぬように走るとかどうやるんだろう。そろりそろりと歩けば俺でも何とか……ならんな。今住んでいる館《やかた》だと床がギシギシといってしまう。

「ヨシュア様はどうかそのままでいて下さいませ。あなた様の頭脳と慈愛溢《あふ》れる高潔な精神、まさに神がこの世に遣わしたお方なのだと。私はヨシュア様をお護《まも》り……お仕えできてこれほど嬉しいことはございません」

「お、おう。これからもよろしくな」

「はい。この命に代えましても」

重い、重いってえええ。この世界のメイド。

ぶっそうな言葉が混じっているけど、頬を上気させてほおっと息を吐くところじゃないよね？

は、ははは。乾いた笑いが出てしまったが、これ以上この件に突っ込むのはやめておこうと思う俺なのであった。


おおー。すげえ。この人数だとやっぱり早いな。

ガンガン木を伐採している様子を眺めながら、感嘆の声を出す。

まばらに生えているとはいえ、百メートル、二百メートルの範囲で見れば結構な数の木を伐り倒すことができる。

伐り倒した木は即、別の人が枝を落とし、丸太にしていく。丸太の多くはノコギリでぎーこぎーこして板になっていった。

うんうん。丸太は丸太で使いどころがたくさんあるからな。

「苦しゅうないぞ。よきに計らえ」なんてことを思い浮かべ、にやにやと口元が緩む。

みんな汗水たらしているというのに俺はぼーっと見ているだけで少し気が引ける。

ところが、厳しい顔をしたトーレがやってきて状況が一変してしまう。

「何か問題があったのか？」

倒れてきた木にぶつかっちゃって怪我《けが》をしたとか。

ハラハラしていたんだけど、トーレが語ったのは、俺の想像と全く異なる内容だった。

「ないんですぞ」

「ない？」

「そうですぞ。『燃焼石』が全くもって見当たらないのですぞ」

「え……まるで、これっぽっちも？」

「まさしく。ガラムが若いのを連れて、川の方まで探索してくると言って探しにいきましたぞ」

「マ、マジか……」

「もしや、入植できなかった理由は燃焼石なのかもしれませんな」

有り得る。

燃焼石がなければ、生活の根幹から変わってしまう。

公国内の感覚で言うと、掘ればザクザク出て来るイメージなんだ。

その辺を転がっている石を幾つか調べれば燃焼石が見つかるほど、ありふれたものだったんだけど……。

「見間違うはずもないよな？」

「もちろんですぞ。念のため、小石に対し片っ端から魔力も通してみましたが、まるで反応がありませんでしたな」

「う、うーん」

俺の考えるようなことはすでに実行済みかぁ。

燃焼石は体の中に巡る魔力を少し通すだけで、文字通り「熱」を発する。

魔力ってやつは、この世界だと誰《だれ》でも体に内包していて使うことができるんだ。

所謂《いわゆる》魔法ってやつを使うには適性がないとダメだけど、誰だって微弱な魔力は流れている。

魔力について詳しくはないが、生物の体を動かすエネルギーの一部だって話だ。つまり、食事をとって活動してりゃあ誰でも魔力を保持することになる。

人も動物も生きとし生ける者全《すべ》てが魔力を持っていると言っていい。

「燃焼石を取り寄せますかな？」

「いや、最初から生活の根幹になるところを他国に頼りたくない。ほかで代用しよう」

「ほっほっほ。さすが賢公と呼ばれるだけありますな！　木炭でも作りますかな」

「うん、まずは木炭を作ろう。煮炊きも木炭でできる」

「薪《まき》から木炭を作っておきましょうぞ」

「頼む。大量に必要だと思うから」

「お任せあれ」

春でよかったぜ。晩秋なんかに追放されていたら後がなかった。

すぐに愉快愉快とカラカラ笑いながら、トーレが指示を出しに向かう。

彼はあえて言わなかったけど、分かっているさ。木炭だけじゃあ足りないってことはな。

「エリー、馬を準備できるか？」

「はい。ヨシュア様のお乗りになる馬は常に確保してございます」

「できれば馬車がいいが、ここからルビコン川まで馬車で走ることができるか聞いとくんだった」

「問題ないかと思います。お屋敷に戻りましょう」

「そういや、公国からここまでも馬車で来たものな」

公国からの道中、なかなかに荒れた場所もあった。

存外馬車ってのは頑張ればどんな道でも走ることができるってことだ。

「はい。ここからルビコン川までの距離はルンベルク様から伺っております。平坦《へいたん》ですし」

「分かった。すぐに行こう」

「承知いたしました」

エリーはお腹《なか》の上に手を添え、深々と頭を下げる。

◇◇◇

途中でガラムを拾い、ルビコン川へ向かう。

馬車で行きたかったのはこれが理由だ。

すぐにルビコン川へ向かうこともなかったんだけど、伐採の様子を眺めているよりはよいだろうと思ってね。

ガラムを拾ってからものの十分ちょっとくらいで、川に到着する。

聞いていた通り近いな。これなら屋敷はそのままでもよさそうだ。

だけど、街の中心、基幹になるのはここルビコン川のほとりであることは間違いない。

馬車から降り、ルビコン川の様子をしげしげと観察する。

川幅は聞いていた通り二十メートルほど。流れの速さはなかなか。深さはそれほどなさそうだ。

「ヨシュア様？」

腕を組み不気味に頷《うなず》く俺へエリーが無表情のまま問いかけてくる。

「うん、これならいけそうだ。ガラムは？」

「そちらに」

さっそく川原《かわら》で燃焼石を探し始めたガラムとその弟子たちだったけど……見つかるのかなあ。

「燃焼石を発見できればラッキー。発見できない前提でことを進めようと思っているんだ」

「それでルビコン川に？」

「うん。水車を作ろうと思ってさ。これだけ水の流れが速いなら十分だ」

生活基盤を整えるために数台の水車が必要になる。

ルビコン川の自然の恵みを利用させてもらおうじゃないか。

「水車を作るのかの？」

「うん。ガラムとトーレならできると思って」

水車という言葉に反応したガラムがこちらに声をかけてきた。

「ほう。ヨシュアの、のことだ。また面白いもんを見せてくれるってわけか。ガハハ」

「セコイアにも協力してもらわないとな。まずは水車を一基。作れるのなら三基くらい」

「任せろ。すぐに作ってやる。弟子の修業にもよい」

ドンと胸を叩《たた》き了承するガラム。

うお、その場で木を伐り倒し始めちゃったよ。

「木材って乾燥させないとダメなんじゃなかったっけ？」

「いかにも。儂《わし》がそのことを見落とすとでも？」

「魔法か何かで乾燥させるのかな」

「おうさ。ドワーフに伝わる魔法は『ものづくり』に役立つ魔法ばかりだからの。すぐだすぐ。夜までには水車を完成させせとくわい」

「すげえな……ガラムの本気」

「ガハハハハ」

木材を乾燥させせられるなら、トーレたちにお願いしている伐採の方を頼みたいんだけど……あ、もうダメだ。話が通じる状態じゃなくなってしまった。

やれやれと苦笑したら、俺の姿をじっと見ていたエリーが心配そうに俺の名を呼ぶ。

「ヨシュア様……」

「ガラムたちはこのままで。あ」

「どうかされました？」

「向こう岸が少し気になってさ」

ルビコン川の向こう岸を指さす。

エリーは俺が何を言わんとしているのか分からない様子で首を傾《かし》げる。

「崖《がけ》がございますね」

確かにエリーの言う通り、向こう岸からそう遠くないところに切り立った崖がある。

ルンベルクの報告にあった崖はこれのことだろう。

崖の高さはおよそ二百メートル。角度も七十度近くあって、そのまま登るには無理そう。

「崖も気になるんだけど、ほら、見てみなよ。向こう岸は年季の入った木がないだろ」

「言われてみますと、そうですね」

「距離が近いからさすがに生えている雑草とか木に関しては似たようなものなんだけど」

「……よくそのようなことに気が付かれましたね！　さすがヨシュア様です！」

どうやらエリーも気が付いたようだ。

「そう。向こう岸は何らかの原因で一度植物が壊滅しているんじゃないかって思ったんだ」

「それがご興味の理由だったのですね」

「うん、その原因が『当たり』の原因だったとしたら、よい素材が手に入る」

向こう岸まで二十メートルか。

水深はそれほど深くなさそうだし、歩いて渡河するかなあ。

何も今俺が行かなくてもいいんだけど、俺にもガラムみたいなところがあるようだ。

気になったら、もう確認したくて仕方なくなってきた。

よっし。

川岸でしゃがみ込み、指先で流れる水に触れてみる。

冷たい！　夏にはまだまだ遠い早春の季節。泳ぐにはまだまだ早いな。

「そのまま川を渡られようというのですか？」

「ちょっと冷たいかなあ」

「いけません！　風邪を引かれたらどうされるのです！」

俺の隣に太ももを揃《そろ》えてしゃがんだエリーが小さく首を横に振る。

「小舟か何かを作るか、いっそ橋を渡してしまうか」

「ヨシュア様。どうぞここへ」

頬《ほお》を赤らめたエリーが両手をお尻《しり》辺りに回し、しゃがみ込んだ姿勢のまま背中を向ける。

「いや、それはちょっと……」

エリーが俺をおぶって向こう岸まで運ぶとか本当にやめてくれ！

逆ならまだいいけど……。

「私では頼りないでしょうか……」

「あ、う、え、ほら、川の深さがどれくらいか分からないし。俺がおぶさったとしても結局濡《ぬ》れちゃうかもしれないだろ」

やった。うまく理由をつけた。ナイスだ俺。

「……ヨシュア様がお恥ずかしいかもしれないと思い、背負えばと愚考したのですが」

今度は立ち上がったエリーが姫抱きのポーズを取る。

いや、その発想から離れよう、な。

水深があるかもしれないから、濡れるってお話がどうやら彼女には聞こえていないようだ。

「いや、だから結局濡れちゃうだろって」

「そのことでしたか。てっきり背負うのがお嫌なのかと。心配ございません。私はメイドです。その点はご安心を」

エリーが下腹部に両手を添え、メイド然とした礼をする。

「メイド」と「ご安心」が全く繋《つな》がらず意味が分からない。

……こりゃあ何を言っても通じなそうだ。同じことを話しているはずなのに、彼女と俺の見ているものが違い過ぎるような？

仕方ない。

「分かった。エリーに任せるよ」

「では、失礼いたします」

膝《ひざ》に腕を通され、あっという間に姫抱きされてしまった。

エリーの顔が近く、彼女の髪から漂う香りにドキリとする。

彼女は彼女で男を姫抱きするのが気恥ずかしいのか、俺と目を合わせようとせず頬を染める。

しかし、こんな細い腕でよく俺を持ち上げることができるな……。

俺は男としてそれほど背が高い方ではない。体格ももやしっ子だ。

だけど、彼女は背丈も俺の耳辺りまでしかないし、体つきもスレンダーで折れそうなほどなんだよ。

「行きます」

「ぬお」

後ろへ下がったエリーは数歩踏み出し、加速すると右足を踏み込み――。

高く跳躍した！

うおおおお。マジかよおお。

飛んでる。俺、飛んでるよ。

ストン。

向こう岸に着地した彼女は、ゆっくりと俺を地面に降ろす。

「ヨシュア様、濡れませんでしたでしょうか？」

「う、うん。メイドってすごいんだな……」

「いざという時、ご主人様をお連れするために必要なことです」

「そ、そうなんだ……は、はは。アルルもこうぽーんと飛ぶのかな」

「アルルは猫族故にヨシュア様をお抱えし、これほど跳躍することはできません。申し訳ありませんがご了承下さい」

「いや、飛ばなくていいからね」

まさかメイドだからご安心がこう繋がるとは思ってもみなかったわ！

驚きだよ。この世界のメイド、怖いよ。マジで。

は、ははは。あんまりな事実に乾いた笑い声が出てしまう。

「ですが、ヨシュア様。アルルにはアルルの力がございます。彼女は猫族故、夜目が利きます」

苦笑した俺をアルルにガッカリしているのだと勘違いしたエリーが、彼女をフォローしてくる。

「それはすごいな！　夜にいきなり野盗が襲撃してくるかもしれないものな」

「はい！」

いつも控え目に笑うエリーが、華が咲いたような満面の笑みを浮かべる。

同僚のアルルが褒められたことが、自分のこと以上に嬉《うれ》しいのだろう。

そんな彼女の様子を見た俺は、彼女がメイドでよかったと思った。人のことを自分以上に喜べる人なんて素敵じゃないか。

「それじゃあ、さっそく調べてみるよ」

川岸から少し離れたところで、腰のポーチから小さなスコップを取り出す。

その場で腰を降ろし、地面を掘ってみた。

ふむ。これだけじゃすぐに分からん。とりあえず、この土は持ち帰ろう。

「エリー、崖のところまで行ってもいいかな」

「お供いたします」

ついでだ。崖の岩も採取しよう。

◇◇◇

崖の色味はくすんだクリーム色といったところ。少なくとも黒系の色味ではない。

ペタペタと崖に手を触れてみる。

ひんやりと冷たい。

「触れると何か分かるのでしょうか?」

エリーも俺の真似《まね》をして白磁のように滑らかな肌をした指を伸ばす。

「いや、触れてもよく分からん。こういう時は削るべし」

ツルハシはさすがに持っていないけど、ノミとトンカチならポーチに入っているのだ。

カーン、カーン、カーン。

岩を削る甲高い音が響き、ボロボロと削った岩が地面に落ちていく。

そいつを摘まみ、パラパラと手のひらに落としてみる。

「お、ここなら近くていいな。ほら」

嬉々《きき》として手のひらをエリーに向け掲げてみせるが、彼女は困ったように眉尻《まゆじり》を下げるばかり。

あ、そうだな。うん。

「ごめんごめん。つい自分だけ興奮してしまった」

「いえ、私が無知なだけです」

「ほら、この砂、よく見てみると一部透明なのが交じっているだろ」

「はい、確かに」

「こいつはガラスの材料になる砂なんだ。川のすぐ傍だし、持ち運びもラクチンだぞ」

この岩肌は石英を多く含んでいる。岩肌が白っぽいのも石英所以《ゆえん》だと思う。

「ヨシュア様！　ガラスの素《もと》を求め、ここに来られたのですね！」

「いや、ガラスはたまただ。本命はこっち」

腰からつるした麻袋を指さす。

袋には先ほど採取した砂が入っている。

「それは、ガラスとはまた違った砂なのですか？」

「うん。屋敷に戻って調べてみないとだけど、ここらあたりさ、火山噴火か何かで植生が壊滅したんじゃないのかって」

「有り得ます。ドラゴンのブレスなどで焼かれた可能性もございますが」

「そっち……そっちのがありそうだ……」

この世界が危険溢《あふ》れる異世界ってことを忘れていたぜ。

あ、そうなのね。ドラゴンなんかもいるのね。

そんなのが来たら、どれだけ頑丈な柵《さく》を作っていても一発じゃねえか！

「ご安心下さい。ドラゴンのような強力な魔物は人里には現れません」

「公国では災害級のモンスターになんて遭遇しなかったものな」

「はい！　万が一の時は私があなた様をお護《まも》りいたします」

「いや、そこは一緒に逃げようよ」

背中から冷や汗をダラダラ流しながら、この砂が火山灰であってくれと願う俺であった。

その時、エリーの目がすううっと細くなりただならぬ雰囲気を醸し出す。

「ヨシュア様……」

「え、あ」

崖を背にして俺を隠すようにエリーが前に出る。

何かいるのか？

耳を澄ましてみると、藪《やぶ》がカサリと揺れる音がしたようなそうでないような。

「うわあ……あれに危険はないんじゃ……」

「そうですね。早計な判断、誠に失礼いたしました」

出て来た生物を見て変な声が出てしまう。

大きさだけでいえば、危険生物に分類してもいいかもしれない。

だけど、動きがトロ過ぎる。ぬめぬめと進むその歩み、俺たちの元まで来るのに数分どころじゃ無理かもしれん。

藪から姿を現したのは巨大なカタツムリだったのだ。

殻の直径が二メートルほどで色が蛍光イエローと、もう何かこう脱力する。

二本の角がぴょこんと出たお顔も、俺の知るカタツムリそのものであった。

「行こうか」

「はい……っつ!」

進もうとした俺に対し、エリーが右手を横にし押しとどめる。

ペシイイイン——!

硬い物を弾《はじ》くような音がして、巨大カタツムリが横向きに倒れ込んだ。

相当強い力で叩《たた》きつけたのだろう、カタツムリの殻にヒビが入っている。

そこに立っていたのは……。

「ペンギン?」

「愛らしい生物ですね。しかし、力はそれなりに持っていそうです。モンスターでしょうか」

黒と白のツートンカラー、立派な嘴《くちばし》と水かきを持つ直立したクリクリお目目のペンギンだったのだ!

ペンギンは巨大なカタツムリをぺしーんしたとは思えぬほど小柄だ。体長は一メートル半くらいってところ。見た目はアデリーペンギンだけど、大きさは最大級のコウテイペンギンってところか。きっとさっきはあのフリッパー（前脚の翼に当たる部分）で、カタツムリをぺしーんとしたんだろう。

「放置で大丈夫じゃないかな」

「はい」

なぜならペンギンは俺たちには見向きもせず、カタツムリを捕食し始めたからだ。

しかし、カタツムリを食べるペンギンか……異世界恐るべしだわ、ほんと。

◇◇◇

その日の夜。夕食も食べずにセコイアが取ってきてくれた小石を布の上に並べ品評会と相成った。

どこでもよかったんだけど、場所は邸宅の書斎に決める。

もちろん、目を輝かせた彼女も俺と同席していることは言うまでもない。

「ほ、ほうほう。これは」

「どうじゃ？」

「分からん。何だこの金属」

「知らぬのか。こいつはブルーメタル。こっちはミスリルじゃ」

知らんわ！

いや、知らんというのは語弊がある。

異世界独特の金属を見ても、どんな化学反応をするのか想像もつかんからそれが何に使えるかってことも分からない。

「これは分かる。鉄だ」

赤茶けた石を指先でつっつき、セコイアに目を向ける。

「そちらはボクには分からぬな。魔力が込められていないから」

「重さやこの液体に溶けるかどうか、いろいろ識別方法はある」

「カガクってやつじゃな。それよそれ。摩訶不思議《まかふしぎ》な術理、それこそボクの興味じゃ」

公爵時代に暇を見つけては試薬や天秤《てんびん》といった実験道具を集めておいたのだ。

何かに使えると思ってさ。

ん、まてよ。

「セコイア。『鉱物の鑑定』ギフトを持った人とかいないのかな？」

そうだった。この世界にはギフトがある。俺が植物鑑定のギフトを持つようにいろんな鑑定を持つ人だっているはず。

俺の問いかけに対し、セコイアは当然といった感じで頷《うなず》きを返す。

「そら存在するじゃろ。鉄やら青銅ならガラムに聞いてみるとよいんじゃないかの」

「そ、その発想はなかったああ」

ドワーフの「魔法」ってやつに期待するって手もあったか。よし、ガラムを呼ぼう。

酔いつぶれていなきゃいいんだけど。

トントン――。

腰を浮かせた時、部屋の扉を叩く音が耳に届く。

「どうぞー」

「お食事をお持ちいたしました」

猫耳をぴこぴこ揺らし、お盆に料理を載せたアルルがぺこりと頭を下げる。

「すまん。アルル。食事はそのテーブルに置いておいてくれ」

「ヨシュア様。どこに？　お外は暗いから。ダメです」

「ちょっくら、ガラムを呼んでこようと思ってるだけだよ。すぐに戻る」

「ダメです。わたしが行きます」

お盆をテーブルに置いたアルルが尻尾《しっぽ》をフリフリして再び扉から出て行った。

「……休憩もかねて、食べよっか」

「ありがたく」

手を合わせ、夕食を頂くことにした。

「もぐ……ヨシュアの持ち帰ったものはガラスの砂ともう一つはなんじゃ？」

「もしゃ……これから調べようと思ってたところなんだけど、火山灰なら嬉しいなあと」

「ほうほう。見れば分かるものなのかの？」

「ん、調べることはできるけど。ガラムを待とうかなって。ギフトや魔法で見れば分かるならそっちのが確実だ」

「なるほどの」

もしゃもしゃ、もぐもぐ。

うめええ。

ちょうど食事を食べ終えた時、アルルに手を引かれたガラムが姿を現したのだった。


「こいつは……こうして……ううむ……」

「これならどうですかな。カチリとハマると思いますぞ」

確かに。

そうそう、石の鑑定はノームのトーレならできるとガラムが言ってたな……というわけであの後すぐにノームのトーレも呼び寄せたんだよ。

ガラムではなく、全《すべ》ての石をトーレの魔法で鑑定してもらった。二人とも鉱石を見分けることなど朝飯前と言っていたが、何となくトーレの方が細かい作業に向いているのかなと思って、彼に頼んだんだ。

そして、トーレが石の鑑定完了までにかかった時間はなんと僅《わず》か一時間だったのだ！

すげえな魔法。なんて思っていたら……。

チュンチュン——。

「ぐがーぐがー」

「……すー」

鳥のさえずりと寝ていても煩《うるさ》いガラム、すやすやと俺の膝《ひざ》の上に頭を乗っけて眠るセコイアの寝息……うん、早朝の音としてはごくありふれているよな。

だが、俺とトーレの戦いはまだなのだ！

石の鑑定が終わった後、ついつい水車のお話になってしまって。あーだこーだやっているうちに気が付けば朝になっていた。

あと少しでいけそうなんだよな。それでもう少し、もう少し……でこの時間だ。

「ほれ、この図を見るといいですぞ。これなら」

「お、おお。さすがトーレ！　ここにギアを一つ足せばよかったのかあ」

「いやいや。ヨシュア坊ちゃんが『ギアだ』と申したからですぞ」

「……トーレ、ありがとう。実物の設計はガラムに任せて大丈夫かな？」

「ですな。大きなモノならガラムの方が向いております」

「じゃ……トーレは寝てくれ……俺はあと少し」

「では、失礼して……」

トーレは糸が切れたようにコテンとその場で倒れ伏す。すぐに彼から寝息が聞こえてきた。

本日の演説は延期するとして、ルンベルクたちに今日の指示を出さないと。

あぐらをかいた膝の上に頭を乗っけて眠っているセコイアの頭にそっと手を添え、床に降ろす。

が、今度は腕を俺の胴に絡めてきてすぐに元の位置に頭を戻してしまった。

こいつ、起きてんじゃないだろうな……。

コンコン――。

その時、扉を叩く音がして、低く渋い声が俺を呼ぶ。

「ヨシュア様」

「まだ起きているよ。入ってくれ」

「失礼いたします」

扉を開けたのはルンベルクだった。

きっちり九十度に肘《ひじ》を折った彼の右腕には真っ白のタオルがかかっている。

反対側の手にお盆を載せ、そこには水の入ったグラスが四つ。

「本日は昨日《きのう》と同じように動いてくれ。アルルかエリーを屋敷に残し、護衛とする。彼女らは昨日と入れ替えた方がいいかな」

「承知いたしました」

「ルンベルクとバルトロの報告は明日聞く。農業の方は昨日俺が確認した通りだ。キャッサバは指示通り枝を植えてもらえればいい」

「予定しておりました本日の演説は中止、でお願いできますか？　どうかご自愛下さい」

「うん、そのつもりだ。気遣いありがとう。これから昼まで寝るから、その時間に集まることができれば集まって欲しい」

「御心のままに。お休みの際はどうかベッドでお休み下さい」

ルンベルクはテーブルの上にお盆を置き、背筋をピンと伸ばして美麗な礼をする。

その場で踵《きびす》を返し、俺に背を向けた彼に後ろから声をかける。

「ルンベルク。もう一つ、ルンベルクとエリーに頼みたいことがある」

「承知いたしました」

「ルンベルクには屋敷にある燃焼石と魔石の在庫量、同じく領民のものの調査をエリーに」

「畏《かしこ》まりました」

わざわざ振り返って、頭を下げたルンベルクは部屋から出て行った。

パタリと扉が閉じ、ほっと胸を撫《な》でおろす。

と、とりあえず……いろいろ山積みだが、もう眠気が限界だ……。

トーレと同じように真後ろに倒れ込み、すぐに意識が遠くなった。

◇◇◇

ハッと意識が覚醒《かくせい》する。だけど、心地よい暖かさに誘われまた眠りにつきそうに……。

ずっと寝ていたいけど、起きないと。

ううむ。でも誰かが毛布を被《かぶ》せてくれていたようで、床に倒れこんだはずなのに枕まで持ってきてくれたのか。

それにしても柔らかで心地よい枕だな……いかんいかん！

ベッドでは起きられないかもしれないと思って、その場でゴロンしたんだが、これだけ寝心地《ねごこち》がよいともっと寝ていたくなってしまう。

だが、起きねばならぬのだああ。

ぬううおお。

気合と共に目を開く。

「うお。アルル」

「おはよう。ございます」

枕だと思っていたのはアルルの太ももで、目を開けたら彼女の顔が見えてビックリした。

毛布を持ってきてくれたのも彼女だろう。

寝ている間に運ばれたわけではなく書斎で寝ていたまんまだったが、ダウンしたほかの三人の姿はない。すでに起きてこの部屋を出ていったのかな。

「ほかのみんなは？」

念のために聞いてみたら、アルルはコクコクと頷き言葉を返す。

「少し前。出ていきました」

「よっし、俺も」

起き上がったところで、アルルが後ろから俺を抱きしめてくる。

「エリーは、触ったらふそん？　とか言うけど。わたしは喋《しやべ》るのが苦手。だから」

彼女から触れられることなんて殆《ほとん》どなかったので、少しビックリした。

だけど、ひと肌の心地よさが彼女から伝わってきて。

彼女の独り言かなと思い、黙っていたら今度は俺に向けて彼女が言葉を紡ぐ。

「ヨシュア様。たおれないでください。どうか、大事にしてください」

「心配させちゃってごめん。俺は大丈夫。ほら、今だって働かずに寝てただろ？　みんなが働いてるってのに」

俺の胸に回された彼女の手の甲を撫でる。

すると、ピンと立った彼女の尻尾がだらんと床に垂れた。

猫耳と尻尾は口よりモノを言うってね。俺のことで余程心配させてしまったようだ。

徹夜の一回や二回くらいでどうにかなったりしないって。

「ヨシュア様？」

「よっし、行こう。しっかり護衛を頼むぞ」

「はい！」

体を放したアルルの二の腕辺りをポンと叩《たた》き、自分の頬《ほお》を軽くぺしんと叩く。

よおっし。

今日も頑張るとしますか！　もう昼だけど。

◇◇◇

「お、おお。これキャッサバから作ったパンなのか。こっちはイチゴをすり潰《つぶ》したの？」

「左様です」

「いけるいける。おいしい」

「お口に合うようでホッといたしました」

エリーが微笑を浮かべ、頭を下げる。

起きたらすぐに昼食兼朝食と相成った。

というのは、お願いした通りにハウスキーパー全員がお昼に集まってくれていたから、食べながら報告を聞くことになったんだ。

しかし、動きが早いな。

キャッサバの調理方法はすでに彼らに伝えていた。野生のキャッサバをパンにしてくれたものが昼食に出るなんて思ってもみなかったよ。

でも、この味なら大丈夫そうでホッとした。いくら有益な作物だったとしても食えたもんじゃなかったら、いろいろ工夫しなきゃならなくなる。

「みんなも食べてくれよ」

立ったまま俺の食べる様子を眺めていた四人に声をかけた。

「私どもはすでに頂いております」

代表してルンベルクが言葉を返す。

「そっか。事前に味を確かめてくれていたんだな。ありがとう」

「いえ……できることをしたまでです」

ルンベルクは軽い感じで言うが、きっと四人で入念に味を確かめたのだろう。彼らが問題ないと判断したキャッサバパンなら、ほかの人たちも満足してくれるだろう。

実は食卓に並ぶまでにいろいろ工夫を凝らしたのかもしれない。

「食べながらで悪いが、まずは俺の報告から聞いてくれ」

むんずとおかわりのパンを掴《つか》み、四人の顔へ順に目をやる。

閑話二　隻眼の元冒険者、瞠目《どうもく》する

——カンパーランド東部森林地帯。

豹頭《ひょう》の元Ｓ級冒険者ガルーガは、ヨシュア邸の庭師と名乗るバルトロと元公国の衛兵、猟師の四人で東にある森林地帯まで足をのばしていた。

「へえ、そんでそんないいガタイしてんだなー。ガルーガ」

「豹族ということもあるがな」

ガルーガは執事と正反対の雰囲気を持つ庭師と名乗るこの男《バルトロ》を見定めようとしていたが、捉《とら》えどころがなく内心首を捻《ひね》っている。

彼は後頭部で両手を組み、口笛でも吹きそうな調子でガルーガの隣を歩いていた。

後方には筋骨隆々の元衛兵、前方は嗅覚《きゅうかく》に優れているだろうということで猟師が配置されている。

「雲のようだ」

「ん？」

「いや、何でもない」

バルトロに対して思っていたことがつい口に出てしまい曖昧《あいまい》な笑みを返すガルーガ。

彼の内心を誤魔化《ごまか》すかのように踏みしめた枝がパキリと音を立てる。

音？

そういえば……。

ハッとなったガルーガは、周囲の音に集中する。

彼は元冒険者だ。それもほんの一握りしかいないS級に所属する一流の。

冒険者はその名の通り、未踏の地へ赴き、危険と隣合わせになる職業である。

深い森、ダンジョン、遺跡……行く場所は様々だが、冒険者にとって生き残るために最も必要かつ必須《ひっす》の能力《ギフト》は「危険察知」であることは間違いない。

不意うちを喰《く》らうと、どれほど強き戦士でもほんの一撃で命を落としてしまうこともある。

油断していた。すっかり街の中にいる気持ちになっていた。

豹頭で片目に傷がある大柄な男なんて、街ではならず者として扱われることが多い。相手がビビッて手もみするか、あからさまに避けられるかのどちらかだ。

ところがこの地の人たちは誰《だれ》も彼に嫌な顔一つ向けず、それどころか気さくに彼へ話しかけて、労《ねぎら》ってくれさえする。

居心地《いごこち》がよかった。屋根もなく野宿が続くというのに、安らぎさえ感じていたのだから。

「すまぬ」

「ん？　謝るようなことなんて何もしてねえじゃねえか」

カラカラと笑うバルトロにガルーガは白い牙《きば》を見せ応じる。

和やかに会話しつつも、彼は周囲の「音」に集中していた。

そこで彼はようやく「異常」に気が付く。

外にではない。内にだ。

後ろの元衛兵の男が出す足音が最も大きく、次に森で息を潜めることに慣れている猟師、そして自分が最も足音が小さい。

ところが、バルトロからは足音が一切しないのだ。

これほど完璧《かんぺき》な忍び足は一流の斥候《スカウト》やレンジャーであっても難しい。

「ん？　どうした？」

「……いや」

「聞きたいことがあるんだろ？　何でも気にせず聞けってきっと俺たちの主人なら言うぜ」

「俺たち？」

「おうさ。俺たちゃみんなヨシュア様の下に集まった同志だろう？」

「そ、そうか。俺も……あのお方の僕《しもべ》でよいのか」

たった一言で魅了された、敬愛するヨシュアが自分を配下と思ってくれている。

それだけで、ガルーガは天にも昇る高揚感を覚えた。

「ガルーガ。僕《しもべ》とか隷属とかって言葉をヨシュア様の前で使わねえようにしろよ。あの人はそういう人を下に見る言葉を嫌う」

「な、なんと慈悲深いお方なのだ……」

「もしヨシュア様と直接会話をする機会があったら、『市民』か『領民』とでも言っておけよ。それなら間違いねえ」

「分かった」

「おっと。忘れるところだった。聞きたいことって何だったんだ？」

「……足音だ。相当修練を積んだのだろうと思ってな」

「まあなあ。こいつは苦労したぜえ。忍び足は俺が一番苦手でなあ。アルルのやつなんて種族柄何の苦労もなくできちまうし、へこむぜ」

アルルという者のことは知らぬが、きっと猫族か森エルフあたりだろうとガルーガは内心で当たりをつける。

「俺にも、できるのだろうか」

「うーん。そのガタイじゃあ、ほかのところを伸ばした方がいいんじゃねえか。力の使い方を覚えりゃ、俺よりパワーを発揮できるだろ？」

「そうだな。ははは」

自分がS級冒険者など露知らぬバルトロが言ったアドバイスにガルーガは気分を害した様子はない。

むしろガルーガは「誰が、何を、過去にやっていたのか」なんてことを気にせず飄々《ひょうひょう》とした彼を好ましく思っていた。

カサリ――。

その時、草木が擦《こす》れる僅《わず》かな音がガルーガの耳に届く。

これは風で揺れた音ではない。

ガルーガは背中のグレートアックスと呼ばれる身の丈ほどもある戦斧《せんぷ》に手をかける。

前を行く猟師はまだ音に気が付いていないようだ。

やはりというか、バルトロはすでに感づいているようで、ニヤリと口角をあげていた。

ところが彼は「待て」とばかりに人差し指を立てる。

「あのあたりは『パイナップル』ってやつの群生地だ。ヨシュア様によると、『キラープラント』ってのがそいつを好むらしい」

「キラープラント……それは俗称だな。キラープラントというのは、『動く植物』の俗称だ」

「ほお。さすが現役の冒険者。詳しいな」

「『元』だ」

ガルーガが後ろの元衛兵へ、バルトロが前方の猟師に立ち止まるよう指示を出す。

さて、不自然な音は件《くだん》の植物型モンスター《キラープラント》が僅かに動いた音であることが分かった。

場所は、右斜め前方の藪《やぶ》の奥。

どうやら待ち伏せ型のようで、普通の植物のように擬態しているようだ。

赤い果実が生《な》る、蔓《つる》が生い茂るそれは、一見して――。

「イチゴのように見えるな」

「イチゴ……？　あの赤い果実か」

「おう。ヨシュア様が言ってた。まあそれはいい。少し待とう。面白いことが起こるぜ」

「分かった」

身を伏せ、キラープラントの様子を窺《うかが》う。

待つこと二分ほど。

不意にゾクリとガルーガの肌が粟立《あわだ》つ。

こ、この気配は……マズイ。

黒にまだらな白の斑点《はんてん》を持つ彼のふさふさの毛皮が総毛立った。

「来るぜ。安心しろ、狙《ねら》いは俺たちじゃねえ」

まるで動じた様子のないバルトロにガルーガの心も落ち着きを取り戻す。

そして、ソレは姿を現した。

白と黒の縞模様《しまもよう》を持つ虎に似た獣。頭から生えた二本の捻《ね》じれた角が最も目を引く。体躯《たいく》は五メートルほどとそれほど巨体というわけでもない。

しかし、猫科特有のしなやかさを持つその姿はある種の美しさを持つ。

王者の風格。

ガルーガの脳裏にそんな言葉が浮かぶ。

それは駆けるわけでもなく、ゆっくりと我が物顔でのし歩き、キラープラントににじり寄る。

対するキラープラントは果実に惹《ひ》かれ近寄った哀れな犠牲者に向け、多数の蔓による鞭《むち》を奔《はし》らせた。

その時、ガルーガの視界が真っ白になる。

「閃光《せんこう》か」

「いや、あれは稲妻だな。戻るか」

「放置しておくのか？」

「ああいうビリビリした生き物だとヨシュア様が興味を持つかもしれねえ。倒していいかヨシュア様に確認しねえと」

「倒す……アレを？」

「まあ、放っておいてもいいんだけど猟師が襲われたりするかもしれねえからなあ。その辺もヨシュア様に」

平然と言ってのけたバルトロに、ガルーガは認識を改めた。

本当の強者《つわもの》はキラープラントを貪《むさぼ》るあの獣ではない。自分の目の前にいるこの飄々とした男なのだと。

◇◇◇

一方そのころルビコン川では――。

「わ、私も、私も、膝枕《ひざまくら》をしたかった。どうして私が昨日《きのう》だったのお！」

愚痴をこぼしながら、川に向けて手刀を振るうのはヨシュア邸のメイド、エリーであった。

彼女の横には腕を組み苦笑するルンベルクの姿もある。

「エリー。貴女《あなた》が何を夢想しようが、私は関知いたしません。ですが」

「重々承知しております。少しだけアルルが羨《うらや》ましかっただけです」

エリーが手刀を振るう。

川から岸へ魚が飛ばされ、ピチピチと跳ねる。

「見事な腕前ですね」

「キャッサバを植えるみなさんへの昼食をと思いまして」

「エリーが領民のために魚をとったと聞けば、ヨシュア様もお喜びになられます」

「そうですか！　そうですよね！」

エリーはぱああっと頬《ほお》を染め、再び手刀を振るう。

しかし、興奮していたのか力を込め過ぎたため、どばああっと大量の水が岸まで飛んできたのだった。

第三章　建国宣言

「拾い集めて来てくれた小石の調査結果からいこうか」

お行儀悪くフォークを立て、口の中に残ったパンを無理に飲み込む。

ぐ、喉《のど》があ。

急ぎ水をゴクゴクして、はあと一息つく。

何してんだ俺は……。し、締まらん。

一人芝居をしている俺と異なり、ルンベルクらは真剣そのもの。

「も、もう調査がお済みになったのですか」

ルンベルクがワナワナと肩を震わせカッと目を見開く。

「トーレがいてくれたからさ」

謙遜《けんそん》する俺にルンベルクが彼にしては珍しく呆気《あっけ》にとられた様子だったが、すぐに元の表情に戻った。

「あなた様がいたからこそ。気難しいと聞くトーレ殿に指示を出し動かすことができたのです。尚《なお》、トーレ殿を立てるその気高き精神、感服いたしました」

「は、はは。ともかく、最低限必要な鉱石があることが分かった。俺の探していた鉱石はどれもレアなものじゃないしな」

「左様ですか！」

「必須《ひっす》の岩塩、石灰はもちろんのこと、鉄、銅、ガラス、火山灰……ほかに希少な魔法鉱石類がいくつか」

最初にこの辺りに生き物がいることを確認したのも、最初の二つがあるかどうかのチェックのためでもある。

塩は人間だけじゃなく、生きとし生けるものにとって必須元素だ。石灰は必須ってわけでもないかもしれないけど、貝殻など身近な生物にも含まれている。

つまり、ありふれた素材ってことだ。

一方で魔法鉱石は、宝石類に並び希少とされている。正直、どう使えばいいのか持て余してしまうが、あったらあったで選択肢が増えることは確か。

あって困ることはない。

「問題は量だな。火山灰とガラスは問題ない。石灰と岩塩、鉄について聞きたい。バルトロ」

「あいよ」

腰の後ろに両手を当てていたバルトロが「おう」とばかりに手をあげた。

あ、実物があった方がいいか。

パンを咥《くわ》えたままよっこらせっと腰を浮かせると、途端にアルルとエリーに左右から取り囲まれてしまった。

な、何だ。このピンと張り詰めたような空気は。

「敵襲。天井、気配なし」

膝《ひざ》を少し曲げ、いつでも飛び出せる姿勢で顎《あご》を上に向け、ぶっそうなことをのたまうアルル。

一方でエリーは片膝《かたひざ》をつけ、前傾姿勢になり両目を閉じる。

「床下。気配ありません」

……。

いや、突然立ち上がったのは悪かった。別に不穏な気配を感じたわけじゃないんだ。

そっとアルルの腕に手を添え真《ま》っ直《す》ぐに立たせ、続いてエリーの手を引いて立ち上がらせると「まあまあ」と両手を前に向ける。

「鉱石を書斎に取りに行こうと思っただけなんだよ」

「それでしたら、ここにございます」

ルンベルクが目配せすると、エリーがささっと音も立てずに早足で消え、すぐに戻って来る。

ガラガラと台車に載ったアレは、アフタヌーンティーに使うような三段のティースタンドだ。しかし並べられていたのはスコーンではなく、石だった。

突っ込まない。俺は突っ込まないぞ。

かぶりを振ってバルトロへ改めて目を向ける。

「バルトロ、岩塩は分かるな」

「おう。舐《な》めたらしょっぱいやつだろ」

「そそ。岩塩については説明不要でどれくらい必要かもルンベルクと相談して採掘してくれ。採掘場所は多数あるだろうし」

「おうさ。それで、本命は石灰か鉄ってわけだな」

「うん。鉄は二段目のあの赤っぽいやつだ。石灰は一番上の段のその灰色のやつ。もし発見したのがルンベルクなら、彼から場所を聞いてくれ」

「いや、どっちも場所は分かる」

「特に石灰は大量に必要なんだ」

「しばらくは大丈夫だと思うぜ。それで、石灰と鉄を取ってくりゃいいんだな？」

最悪、石灰についてはペンギンが「ぺしん」としていた巨大カタツムリの殻を砕くか、なんて思っていたけど、しばらくは大丈夫と聞いて安心した。

「うん。運ぶのに台車などが必要だと思う。誰か手持ちのものがあればいいんだけど、ないならトーレに作ってもらうか」

「大丈夫だ。ここに来た人たちは大荷物を抱えてきた人もいるんだぜ」

「なるほど。分かった。頼むぞ。採掘した石灰はルビコン川のほとりとこの屋敷の周辺に分けて置いてくれ。周辺の方が多くでいい」

「あいよ。何に使うんだ、石灰って。あ、いや。俺は運び届ける。それだけでいい」

首を振り、無精ひげに手を当てるバルトロに対し、少し残念な気持ちになる。

疑問に思ったことは聞くべきだ。自分の役割とか俺に遠慮しているとか、そんな気持ちでせっかく浮かんだ好奇心を押しつぶさないで欲しい。

傲慢《ごうまん》かもしれないけど、聞きたいことがあれば聞き、疑問に思ったことや知りたいことがあれば知るべきだ。聞いても分からないことも世の中にはたくさんあるけどね。でも、分からない時のために、不思議に思ったことに対して考えることをして欲しい。

それがきっと巡り巡って自分のため、ひいてはみんなのためになるのだから。俺はそう信じている。

「バルトロ、みんなも聞いてくれ。石灰の使い道はいくつかあるんだけど、今回やろうと思っていることは二つ」

「ヨシュア様」

いきなり説明を始めた俺にバルトロが俺の名を呼び興味深そうに口角をあげた。

彼だけでなく、ルンベルクやメイドの二人も反応を示す。

ルンベルクは表情こそ変わらないが、指先が僅《わず》かに震えているし、エリーとアルルは口元に手を当て驚いた様子を見せていた。

アルルに関しては尻尾《しっぽ》もパタパタ揺れているけどね。

「一つは砂と混ぜてモルタルにする。こいつは主に家の壁に使うつもりだ。今後レンガで舗装をする時なんかに接着剤としても使える」

「モルタルって、あ、あれか。レンガとレンガの間に挟まっている白い奴《やつ》か」

合点がいったようにポンと手を叩《たた》くバルトロ。

「そう、それ。もう一つはもうひと手間かける。モルタルの材料に火山灰を使い、固める時に細かく砕いた石かレンガを混ぜ込む。こいつはコンクリートといって硬く頑丈だ。モンスターを塞《ふさ》ぐための城壁なんかに使おうと思っているんだ。こっちは急がない」

「ほお。何だかすごそうだな」

「コンクリートに関しては、公国でセコイアと一緒に研究していたけど、実験段階では成功しているが実用ではまだ使ったことがない。だから、彼女に製造・実験を任せようと思っているんだ」

「おう。二か所に分けるのは、街の計画がもうヨシュア様の頭の中にあるからか？」

「うん。街の建築計画について、この後みんなに相談しようと思っていたんだ」

「是非、聞かせて欲しいぜ！」

喰《く》いつき過ぎたことに気が付いたからか、バルトロが後ろ頭に手をやりもう一方の手で無精ひげをさする。

彼はルンベルクやエリーたちのことを気にしているのかな？

「先に言っておく。疑問に思ったことや意見がある時は立場とかを考えずに言って欲しい。でないと、こうして相談している意味がなくなってしまう」

きつめの言い方になってしまったが、こうでもしないとこのままずっと俺に遠慮する状態になってしまうからな。

俺は賢者ではない。だから、自分だけで考えることに限界があることも知っているし、多くの意見を募った方がいいアイデアが出て当然だとも思っている。

「そんなわけだからさ。じっくりと話し合うためにみんな座ってくれないか？」

いつも立ったまま話を聞いているハウスキーパーたちに向け困ったように眉尻《まゆじり》を下げ参ったとばかりに両手を広げた。


「……ほんと、あんたって人は」

まず動いたのはバルトロだった。

彼は後ろ頭をボリボリかいてドカッと椅子に腰かける。

しかし、据わりが悪そうでもう一方の手で机の上を指先でトントンと叩いていた。

その音にアルルの耳がぴくぴくと反応し、彼女もバルトロの隣にあった椅子にちょこんと腰を降ろす。

「ヨシュア様のお願い。だもの。エリー」

「うん」

机を挟んで対面にいたエリーが神妙にコクリと頷《うなず》く。

残すはルンベルクだけとなった。

彼は口元に僅かな笑みを浮かべ、斜め四十五度ぴったりの完璧《かんぺき》な礼をする。

「いつもヨシュア様には驚かされます。常識に囚《とら》われぬその発想力こそ、あなた様です！」

ルンベルクは真っ白の手袋をはめた手で椅子を引き、美麗な動作で椅子に腰かけた。

「なんだか逆に無理させてしまったようですまなかった。だけど、じっくりと聞いて欲しかったから。せっかくみんなで集まって話し合うんだから、より会話がしやすいようにしたいんだ」

「承知しております。ハウスキーパーとしての我らの気遣いが足りず、申し訳ありませんでした」

全員が恐縮したように揃《そろ》って頭を下げる。

い、いや……そんな真剣な顔で頭を下げられても、こっちが弱ってしまうよ。

え、ええい。気にしたら負けだ。

ともかく、これで彼らも今後、もう少し砕けた感じで接してくれるはず。そう思うことにしよう。

うん、前向きであることが大切だ。

ガタン！

腰を浮かし、立ち上がろうとしたら思いのほか動揺していたようで机に膝をぶつけてしまった。

ひ、ひいい。

全員がすでに俺の横までかけつけておるではないか。

「気にするな。何ともないから」

「失礼いたしました」

今のは俺が悪い。正直すまんかったと心の中で詫《わ》びる。

コホンとワザとらしい咳《せき》をして白いチョークを手に取った。

「それじゃあ、さっき相談したいと言ったことからやろう。俺の考えている街の概要を説明する」

黒板に体を向け顔だけを後ろにやると、固唾《かたず》を飲《の》んで見守る四人が見える。いつの間にかすでに全員着席しているじゃないか。

相変わらず動きが速い。

「周辺地域の脅威度がまだ分からない。だから、過剰なのか足りないのか不明なことを前提として聞いてくれ」

そう前置きしてから説明を続ける。

「外周はコンクリートの外壁と堀を併用しようと思う。外壁の高さは要相談だけど、俺の身長より低かったとしてもそれなりに効果はあるはず」

「対人ではなく、対猛獣やモンスターでしたらアルルくらいの高さで問題ないかと」

これにルンベルクが意見をくれた。

材料と人手次第だなあ。街の防備は必須だけど、必要最小限を目指したいところだ。

「ルンベルク、意見をありがとう。みんなも思うところがあったらガンガン意見を挟んで欲しい。個別検討は専門家も交えて別の機会に行おう。概要の続きを進めるぞ」

「承知いたしました。忌憚《きたん》なく意見を述べさせていただきます」

会釈するルンベルクに向け、親指を突き出し微笑《ほほえ》んでみせた。

「街は水車を建築中のルビコン川のほとりを中心地とする。水車に隣接するように工房を建築。特に鍛冶《かじ》場はこの場所に設置予定だ。といっても水源が必要な施設は多数あるから、中心地とはいえ商店街や中央大通りって感じではない。街機能を司《つかさど》る中心地って意味だな。アルル」

「え。あ。あの」

彼女の首がどんどん傾いていっていたから何か思うところがあるのかなと思い、彼女の名を呼ぶ。

しかし、彼女は首と耳を真っ直《まっす》ぐに伸ばし目が泳いでしまう。

「ゆっくりでいい。思ったことをまとめようとしなくてもいい」

アルルはこういう場で意見をすることに慣れていないのだろう。でも、いい機会だ。会議の場で意見を述べることは、きっと彼女の今後のためにもなるはず。

「は、はい。え、えっと。水の傍《そば》じゃないと。ダメなの？」

「言葉遣いも気にする必要はないからな。まずは意見を述べること。これが大事だ」

「はい！」

ただでさえしどろもどろになっているというのに、言葉遣いまで気にしていたらますます喋《しゃべ》り辛《づら》くなってしまう。

「それで、水の傍じゃないとってところだけど、とてもいい気付きだと思う。そうなんだ。水の傍の方が望ましいんだ」

「望ましい？」

「うん。俺の見解だけど、この地はやはり『不毛の地』だった。農作物ではなく、魔石と燃焼石がないことからだ。特に燃焼石がないのはキツイ」

「水が。燃焼石？」

「そう！　その通りだよ。水の流れを水車に伝え、この力を利用する。できてからのお楽しみってことにしてくれ」

「はい！」

暖炉とか煮炊きにならば、木炭やもし発見できれば石炭で代用すればいい。

だけど、鍛冶となるとちょっと難しい。この世界の鍛冶は燃焼石で行っているから、な。

でもそれも、水車を利用することでお手軽に鉄を溶かす炉を作ることができる……はず。燃料には木炭か石炭を使うけどね。

「それじゃあ、続きを。川を中心にと言ったが、北端は川を越えて崖《がけ》のところまで。崖が天然の防壁となってくれるだろう。この辺にはガラスと火山灰がある」

黒板にルビコン川を示す線を引き、崖を記載する。

「街の一番の肝になるのは川のほとりなんだけど、中央はずっと南に下り、この屋敷の傍になる」

北の崖から館《やかた》を挟み、反対側くらいを街の南端に。

東西も同じくらいの距離とする。

「ちょっと広過ぎるかもしれないけど、農地も含める。これは、外壁の外が安全かどうか分からないから。もし安全だとなれば農地だけ外に出してもいい」

ばばっと円を描き、コンコンと中央部を叩く。

「一つ意見をよろしいでしょうか？」

「うん」

すっと手をあげたエリーへ頷きを返す。

「街の広さはご説明いただきましたので理解いたしました。ヨシュア様のことです。商業区画や住宅街、農業地まで全《すべ》てその聡明《そうめい》な頭脳の中に入っているとは思いますが……」

「区画は領民の意見を募り決めたいと思っていた。でもそうもいかないか。木材も揃ってきたところだし」

「生木の乾燥は、ノーム族やドワーフ族の魔法で進めております。ですが、まずは伐採優先とのことでした」

「ありがとう。ガラムかトーレに聞いてくれたんだな」

「トーレ様がそうおっしゃっておりました」

領民の数も多いから、予想以上に材料の揃いが早い。領民の数が多い分、必要な量も増えるんだけどな。

「となると、ざっくりとだけでも区画を決めておいた方がいいか。細かいことは領民の意見を募ってくれるか」

「御心のままに」

この発言にはルンベルクが代表して応じる。

「俺が決めておきたいことは『通路』だ。東西南北に馬車がすれ違いできる幅がある大通りを作りたい。いや、もう二本足そう。北東から南西。北西から南東も追加で」

大通りは先に確保しておかないと、家が建ってからでは遅い。

紐《ひも》か何かで「大通り予定地」とでもしておけばいいか。

お次はルンベルクがすっと手をあげる。

「舗装はいかがなさいますか？」

「舗装は後からでいい。場所の確保をしておいてもらえるか？」

「畏《かしこ》まりました」

「舗装は見た目的にレンガがいいかなあ。その辺も材料次第で決めよう。工事は住宅、外壁の順で優先だな」

おっと。エリーの意見を聞こうとしていたら、ついつい街の区画のことになってしまった。

「エリー。ごめん。エリーの意見から逸《そ》れちゃったな」

「いえ。素敵なお話で、想像しただけで街の風景が浮かんでくるようです」

両手を胸の前で組み、頬《ほお》を染めるエリー。

ところが、この後に続いた彼女の言葉に俺は驚かされることになる。

「それで、エリーの思ったことって何だったんだ？」

「はい。お聞きした限りですと、全ての大通りが交差する場所を大きな広場にするのでしょうか？」

「そうだな！　最初はだだっ広いだけに思えるかもしれないけど、憩いの場にしたいな。いずれは露店が取り囲んだり」

「はい！　案といいますか請願といいますか、私の述べたかったことは、広場を前提としております」

「おお？　どんなことを？」

普段自分の意見をなかなか口にしてくれないエリーが、一体どんなことを考えたのか興味深い。

ベンチを置いたりとか、水飲み場、広場に沿って何らかの公共施設を置くのもいい。

「まだ街の名前がヨシュア様から発表されておりませんが、この街の象徴を一番人通りが多い広場に設置してはいかがかと愚考した次第です」

「お、それはよいな。エリーとアルルに任せてもいいかな？　形にするのはガラムやトーレがやってくれるさ」

「いいのですか！　そのような大事……私とアルルが担っても」

「負担にならなきゃだけど……」

「是非！　必ずやこの街の象徴として永遠に語り継がれるようなものにしてみせます。幸い、ガラム様とトーレ様がいらっしゃいますので」

思った以上に喰《く》いついてきたあ。

街の象徴を作製する作業は、もちろん大変な作業だけど楽しみもあると思うんだ。

頑張ってくれているエリーとアルルへのご褒美のつもりでお願いしてみたんだけど、喜んでくれたようでよかった。

アルルとエリーが目を合わせて微笑《ほほえ》み合う微笑ましい姿に思わず頬が緩む。

エリーの頭の中にはすでに案があるのかな。俺がもし作るとしたら凱旋門《がいせんもん》かなあ。アーチを使った建築はガラムとトーレならば容易《たやす》い。

あの二人はそれぞれ得意分野があるとはいえ、こと「製作」ということに関しては全てそつなくこなしてしまうんだよな。

分業が進んでいないこの世界だからこそ二人のような万能選手が存在するわけだが、長年の経験あってこそだろう。

得意分野だけに特化した職人も多いと聞く。

「アルルも頼んだぞ」

「はい！」

猫耳をぴこぴこ、尻尾《しっぽ》をピンと立てたアルルは満面の笑みを浮かべピシッと元気よく右手をあげて応じた。

しかし、俺はこの時のことを後悔することになる。俺はまさかあんなことになるなんて想像だにしていなかったのだ。

「俺からの報告は以上だ。みんなの報告は明日聞くつもりだったけど、緊急で伝えておくことはあるか？」

「私からは緊急と言えるほどのことはございません」

「俺も少し気になることはあったけど、今すぐにってわけじゃあないかな」

「私はございません」

右からルンベルク、バルトロ、エリーが続く。

ふむ。想定外のハプニングは起こっていないようで何よりだ。

「それからバルトロ。一旦《いったん》戻ってきてもらったわけだし、任務を変更してくれないか」

「おう。何をすればいい？」

「街の区画に沿って大通りになる部分に家を建てないように指示を出してくれ。その後は日が暮れるまで、外周へ石灰で印をつけてきて欲しい」

「あいよ！　何か不測の事態が起こったら駆け付けることができるようしておけばいいんだな」

「さすがバルトロだ。そこまで気を回してくれてありがたい。笛か何かを領民に持たせておけばいいか」

「分かった。任せてくれ」

エリーは引き続き、領民の手伝いを。ルンベルクは昨日《きのう》と同じポイントで警戒に当たる。

俺？　俺はだな。絶対に作業を始めちゃっているトーレとガラムを追いかけることにしたんだ。

一応、発案者が俺だからな、見届けないと。

いや彼らの技術力には何ら不安を抱いていない。だけど、暴走していないか心配でならん。

きっとセコイアも現地に行っているだろうから……あああ。やばい予感がする。

◇◇◇

アルルを後ろに乗せ、カッポカッポと馬で現地まで向かう。

あ、ルンベルクとも同じ方向だったから、共に行けばよかった。

「アルル。しっかり掴《つか》まって」

「でも。ヨシュア様」

後ろに騎乗しているというのに、アルルはどこも掴んでいない。

「ほら」

「あう」

手綱《たづな》から片手を放し、後ろに手をやる。

彼女はおずおずと俺の手を取った。そのまま彼女の手を引き、俺の肩か腹を持つように促す。

「いいのかな……」

「もちろん。しっかり掴まっていろよ」

「はい！」

べたーっと俺の背にアルルが張り付く。

いや、そこまで張り付かなくてもいいんだけど……ま、どこも掴まないよりはマシだ。

外行きってことで俺は鎖帷子を中に着込んでいるから、彼女の柔らかさは何一つ伝わってこないことだし。

逆に言えば、彼女も気にならないだろう。たぶん。

よおっし。もう二回目だから道もバッチリだ。っても、ほぼ一本道なんだけどね。

いずれはここも、道が整備され走りやすくなるはず。

ほら、もうルビコン川が見えてきたぞ。

「ヨシュア様。アレは？」

「目がいいな。俺にはまだ朧《おぼろ》げにしか見えないけど、きっとあれは水車だな」

「くるくる」

「もう完成させちゃってたのか」

日本と異なり機械なんて一つもない。全《すべ》て手作業のはずなんだけど……僅《わず》か一日で形にしてしまうとは、ガラムたちの本気恐るべしだな。


「おー。ヨシュアの。待っとったわい」

「ヨシュア坊ちゃん。これから良いところですぞ。ですぞ」

「ヨシュア。ボクも後ろに乗せるのじゃ」

だあああ。到着するなりガラム、トーレ、セコイアが一斉に声をかけてきて何がなにやら。

ガラムとトーレはともかく、最後のセコイアのセリフは何だ？

「セコイア。ここが目的地だから、俺は馬から降りるのだが？」

と言いつつ、ヒラリと馬から降りアルルの手を取……らずともひょいっと彼女は下馬してしまった。

さすが猫族。超身軽である。

「ヨシュアー」

「だああ。後だ、後。まずは状況を確認させてくれ」

迫りくるセコイアの額を手のひらで押す。対する彼女は足をジタバタさせて頬《ほお》を膨らませた。

まずここにいる人員から。

ガラムとトーレに加え、彼らの徒弟が二人か。残りは伐採チームの手伝いをしているのだろう。

一応彼らもまだ理性が残っていたようでほっとした。

全員をここに連れてきていたら、慌てて半分を引き戻していたところだよ。

いかなる時も重要度を誤ってはいけない。まずは衣食住を整えないと、長期的に生活を行っていくことが難しくなるから。

今はまだいい。何もないところに来た高揚感で、野宿が続いても高い士気が維持できている。だけど、それは一時的なものに過ぎないんだ。

お次は作業状態の確認だ。

川には一基の水車がもう設置されていた。

ところが、二人の徒弟が水車に手をかけ、取り外そうとしているではないか。

川岸には水車の部品となるギアやらがゴロゴロ転がっている。

「トーレ。あの水車は鍛冶《かじ》用だよな？」

「ですぞ。まずは水車として機能するか確かめたところですな」

「なるほど。先に鍛冶用の建物を作らなきゃだものな」

「材料ならすでに揃《そろ》っておりますぞ」

トーレが白い髭《ひげ》を片手でしごきながら、もう一方の手で右側を指さす。

うお。気が付かなかった。

丸太がこれでもかと積み上げられているじゃあないか。それに、石灰や細かい石まで揃っている。

「水車の軸は鉄かミスリルで作りたかったんだがの。炉がないからのお。木製なのだ。そのうち作り替える」

準備の良さに目を剥《む》いていたら、待ちきれなくなったのかガラムが俺に声をかけてきた。

「これからガラムと協力し、突貫工事をいたしますぞ。炉だけでも先に」

「おうよ。そんなわけだからの、ちいと待っててくれ。ヨシュアの」

「う、うん」

いや、ちょっと待つくらいで出来上がるもんでもないだろうに。

この分だと暴走しなそうで、安心したよ。

◇◇◇

待っているだけなのもあれだし、かといって移動するのもなあ。

そうだ。こんな時は植物探しでもしよう。

いそいそと川原《かわら》の傍に自生している雑草に目をつける。

真っ直《ます》ぐな茎に沿って細い葉がぽつぽつと生えており、先が麦のようにふさふさしている。

こいつはよく見たことがあるな。この世界でも日本でも。

せっかくだ。必殺の「植物鑑定」だ。

『名前：葦《あし》
概要：河川や湖沼に群生する一年草。茎が頑丈。
詳細：しなやかで頑丈な茎は利用価値有』

「ヨシュア様。それ？」

俺の横にしゃがみ込んだアルルが真ん丸の目をくるくるさせ、葦の穂を指先でつんとつっつく。

「こいつは、そうだな」

ナイフで茎を半ばほどで切り、アルルに見えるよう穂を左右に振る。

しかし、彼女からは期待した反応がなかった。いくら猫耳が付いているとはいえ、そら猫とは違うわな。

「我慢……」

「ん？　どうした？」

「わたしはもう。子供じゃない、から」

アルルはぐうぅっと口元をすぼめ、ふるふると首を振る。

「ん？　アルルがもう子供じゃないってことは分かっているけど？」

「はい！　我慢！」

ピシッと勢いよく右手をあげたアルルだったけど、目が泳いでいるし口元がぴくぴく震えていた。

一体どうしたんだろう？

うーん。

「ヨシュア様。それ？」

「おう。別に遊ぼうと思って拾ったわけじゃないんだ」

くるくると葦の穂を指先で回転させながら、アルルに向ける。

「我慢……」

「いや、我慢を必要とするものじゃあなくて」

パシッ！

アルルの指先が葦の穂を叩《たた》く。

叩かれた勢いで俺の手を離れた葦が地面に落ちる。

「我慢、しなくて、いいって……」

「あ、いや。思う存分遊ぶといいさ」

かあっと首元まで真っ赤《まか》にしたアルルがうつむいてしまった。

本能的な何かに触れてしまったようで申し訳ない気持ちになる。

これ以上は何も言わず、地面に落ちた葦を拾ってアルルの手に握らせた。

ところが、予想通りというかうつむいたままのアルルは押し黙り、しばし無言の時が流れる。

……。

「別に葦で遊んだからといって子供ってわけじゃないさ」

「……はい」

「俺だって、たまには童心に返って遊びたいって思う時もある。ほら、かくれんぼとかな」

「かくれんぼ。アルル得意だよ」

「得意そうだよなあ」

「うん！　アルルね。一番木登りが、はやかった」

「そっかそっか」

ふう。落ち着いてきたようでよかったよ。

喋《しゃべ》り方まで変わっているし。どうやらこれが彼女の素なのかな。彼女なりに礼儀正しくなるように努力していたんだなあ……。

「葦はさ。遊び道具になるだけじゃなくて、ほかのことにも使おうと思ってな」

「ほかのこと？」

「おう。葦の茎を乾燥させて編むと敷物になるんだ。やり方次第でカゴなんかにもできると思う」

「ヨシュア様！　やっぱりすごい！」

「葦はありふれた植物だからさ。農家の人が一目見たら分かることだよ」

褒められるほどのことじゃあないから、気恥ずかしくなって後ろ頭をかく。

何だかほんわかしたムードのところ、突然、騒音が！


ガツンガツンガツン！

だあああ。耳にキンキンくる。

一体何をしてんだよと音のした方に目を向けると、ガラムの弟子だろうドワーフ族の二人がハンマーを振りかぶっていた。

ハンマーの向かう先は大きな木製の器があって、その中に石が大量に入っている。


ガツンガツンガツン！


勢いよく振り下ろす、振りかぶる、振り下ろす。交互に行っているから音が鳴りやまねえ。

顔をしかめている間にもみるみるうちに石が細かく砕かれていく。

「よおし。こんなもんでいいかの」

工事現場にあるようなトロッコを弟子ドワーフの元に持ってきたガラムが、満足気に頷《うなず》く。

「何をしてたんだ？　一体」

彼らが予想外の作業をしていたので、何がなんだか分からず得意気に髭を引っ張っていたガラムに尋ねる。

「炉を作ってるのじゃが？　ほれ、ヨシュアのが言っておったろう。モルタルを強靭《きようじん》にできるとな」

「炉をコンクリートで作ろうってのか」

「コンクリートというのか。セコイアの嬢ちゃんが配合を知っていると言うもんだから、試してみたくてのお」

「お、おう」

ほう。支柱を木の棒にして木枠にコンクリを流し込んで固めるつもりか。

だけど、火山灰を使ったコンクリはローマンコンクリートといって、固まるまでに時間がかかるんだ。

粘土で作るよりは頑丈な炉ができるだろうけど、粘土と違って焼き固めるわけにはいかないぞ。

それにしても手際がよい。

セコイアの指示の下、全《すべ》ての素材を混ぜ合わせ木枠に流し込み、あっという間に作業が完了してしまった。

手慣れ過ぎだろ……初めてやる作業だよな？

「今日のところはこれで終わりかな？　明日また見に来るよ」

「まだじゃぞ。ヨシュアの」

「そうですぞ。これからノーム族とドワーフ族ならではの手法をお見せしましょうぞ」

「ボクも手伝おう」

むふむふと鼻息荒くガラムが俺を押しとどめると、トーレとセコイアもそれに続く。

木枠の前に陣取ったガラムとトーレがパシンとお互いの手のひらを合わせる。

次にガラムが下腹の辺りで両手を合わせぐぐっと丸太のような腕に力を込め始めた。

一方でトーレはというと、目を閉じ両手の指を合わせ三角形を形作る。

「ふんぬうう。火と鉄の精霊よ」

「土と風の精霊よ」

二人の声が重なり、彼らの体からゆらゆらと陽炎《かげろう》のように揺れる薄橙《うすだいだい》色《いろ》の光が漏れ始めた。

光は木枠ごとコンクリートを包み込み、数秒経過したところで消失する。

「少し離れておれ」

次に動いたのはセコイアだ。

両手で棒状になった蔓《つる》の杖《つえ》を握りしめた彼女はそれを天に向けて掲げた。

杖の先にある大きな緑色の宝石がやわらかな光を放ち、彼女の足元から風が渦巻き始める。

彼女の短いスカートと長い髪が風によって上向きに引っ張られているが、そんなことなど気にも留めた様子がない。

「よいぞ。セコイアの嬢ちゃん」

ささっと身を引き、セコイアの後ろまで来たガラムらが彼女に声をかける。

「うむ。風の精霊『シルフ』よ」

彼女の力ある言葉に応じた精霊が、吹きすさぶ風を竜巻へと変化させた。

竜巻が木枠ごとコンクリートを包み込む！

物凄《ものすご》い音と共に、木枠が全てバラバラに吹き飛びコンクリートだけが後に残る。

「す、すげえ。完璧《かんぺき》に固まっているじゃないか……」

三人の魔法の合わせ技によって、コンクリートは一瞬にして固まったのだった。

本気を出し過ぎじゃないだろうか……。


こんなことって。

さっきまでドロドロの液体だったコンクリートがカチンコチンに固まっているんだぞ。

これが驚かずにいられるかって。

コンクリートでできた炉は小型の焼却炉のような形をしていた。

直方体で上部が空気抜き用なのか煙突になっている。

ふらふらとコンクリートの炉に吸い込まれるように近寄っていくと、腕を組みふふんと背筋を反らすセコイアにぶつかりそうになった。

炉のことしか頭になくて、彼女のことが見えてなかったよ。

「触ってみてもいいか？」

「破廉恥な……まあよいぞ。ほれ」

組んだ腕をほどき、つま先立ちになるセコイア。

そんな彼女を完全にスルーして、コンクリートの壁にぺたりと触れてみる。

壁を拳《こぶし》で軽く叩くとコンコンと小気味よい音を返してくるじゃないか。

「すげえな！」

「驚きました」

俺の隣でアルルもコンクリの壁をこつこつしていた。

しかし「驚いた」という言葉と異なり、彼女にはコンクリの壁に何ら思うところがないように見受けられる。

なぜかって？　耳も尻尾《しっぽ》も特に反応を示していないからだ。

猫耳は口よりモノを言うってね。

「俺に合わせてくれなくてもいいんだぞ」

「驚きました」

俺に対するよいしょなんてしなくていいんだと伝えたつもりだったが、彼女はぷるぷると首を振って否定する。

ん？

何だかズレてるな。彼女はどうやら本気で驚いたと言っているらしい。

「コンクリートが固まったことに驚いたんじゃないの？」

「驚かれた。ヨシュア様が」

「そ、そういうことか」

彼女から見た俺の評価ってどんだけ高いんだよ……。俺が驚いたことにビックリしたなんて。

俺は何でも知っているとでも思っていそうで、期待が重たい。

否定するか迷っていると、彼女は思い出したように口元に指先を当て耳をピンと立てる。

「もう一つ。黒だったことにも。少し、驚きました」

「黒？」

はて？

コンクリートの壁は黒じゃあない。灰色ってところかな。

黒色にしようと思えばできるけど、特に黒色へ変更するメリットはないと思う。

むしろ余計な手間がかかって、作業スピードが落ちる。

俺たちはまだデザインを気にする段階にはない。急ぎインフラを整える段階だ。だから、なるべく手間を省き、迅速に建造物を作っていきたい。

ぽかぽか。

ん。腰の辺りに僅《わず》かな衝撃を感じる。

「何だよ」

服まで引っ張ってきたから振り返ると、頬《ほ》っぺたを膨らましたセコイアが。

「下着の話はどうでもいいのじゃ」

「下着……あ」

ポンと膝《ひざ》を打つ。

ようやく意味が分かった。

「さっきスカートがめくれた時のことか」

「だからその話はするなと言っておろう！」

「疑問が解けてスッキリした。よっし、この分だと中の構造も問題なく作っているんだよな」

あ、セコイアが拗《す》ねてとことこと歩いていってしまった。

途中で振り返り、べーっと舌を出している。

仕方ないなあもう。一応フォローしておこうか。

「アルル」

「はい！」

元気がよろしい。

いやそうじゃなくって。危うくこのままガラムの元へ行くところだった。

「セコイアはああ見えて、大人なんだ」

「大人？」

「うん、俺よりずっと年上なんだよ。見た目こそ子供だけどね」

「うん！」

よおしいいぞお。婉曲《えんきょく》な言い回しだったけど、アルルは理解してくれたようだ。

すっきりしたところで、俺を待つ二人の職人へ声をかける。

「ガラム、トーレ。後続作業の相談をしていいか？」

「ここからが本番だからの」

「ですぞ。ヨシュア坊ちゃんと某《それがし》の理論が実践できる時ですぞ」

ガラムとトーレから力強い言葉が返ってきた。もうワクワクして仕方ないって様子だな。

三人で円陣を組むように座り、俺の真後ろにアルルが控える。

そこへ、俺とトーレの間にセコイアが無理やり入り込んできた。

「ボクも話に加えるのだ」

「もちろんだ。セコイアもいなきゃ完成できない」

俺の言葉がよほど意外だったのか、一瞬大きな目を見開いて固まってしまったセコイア。

しかしそこは彼女だ。すぐににへえと表情を崩し、ついでに狐耳もだらんと頭にひっついて――。

「分かったから、座れ」

「むぎゅー」

こちらにのしかかってこようとしたから、桜色の頬っぺたを押し込んで元の位置に戻した。

さて、ようやく全員が揃《そろ》ったところで始めようか。

「実際の作業について、俺ができることはせいぜい道具を渡すくらいだ」

「そんなこと分かっておるわい。儂《わし》らが作る。お前には触れさせもせぬよ」

「全く、ガラムは口が悪い。それに素直じゃないですな。正直に言えばいいのですぞ」

「何だと！」

「まあまあ」

話への入り方がまずかったな……。

ガラムの言葉にトーレが割り込んできて、じゃれ合いになりそうだった。

ガラムが本気で腹を立てていないってことはトーレはもちろん、俺だって分かっている。

やれやれと肩を竦《すく》める俺の耳元でトーレが囁《ささや》く。

「ガラムも某も、年甲斐《としがい》もなく興奮しているのですぞ」

「ヨシュア坊ちゃんはいつも面白いものを持ってくる。難易度が高ければ高いほど燃えるというものですぞ」

「は、はは……」

やる気になってくれるのは非常にありがたい。

だけど、興奮し過ぎて大変な目にあったことが何度もあるから素直に喜べん……。

盛り上げるか、抑えるか迷うところだ。

結果、何事もなかったかのように続けることにした。

「俺は作業ができない。だけど、水車と炉の仕組みは頭に入っている。指示を俺が出していいか迷うけど」

「お前が出さずしてどうする。はよせい」

「ですぞですぞ」

すげえ喰《く》いついてきた。

素人《しろうと》がむやみに口を出すと却《かえ》って作業が遅れたりしないかと懸念したんだが、杞憂《きゆう》だったか。

俺が指示を出そうとしたのは、誰《だれ》がどの場所をやるのかでもめるかなと思ったんだよ。

「じゃあ。トーレは俺と水車のギアを。ガルムはセコイアと設備の方を頼む。セコイアが仕組みを理解しているから。お弟子さんは炉しかないところに建物を作って欲しい」

発言するなりガルムと弟子たちが立ち上がり、トーレが早くと俺を急《せ》かしてくる。

セコイアも思案顔で顎《あご》に指先を当て「ふむ」と頭の中で図面を構築しているようだった。

みんな、動きが早い。

職人魂ってやつが騒ぐのだろう。セコイアは知的好奇心からくる学者魂だろうけどね。

「行きますぞ」

「あいさ。ちょっと待って」

待ちきれなくなったトーレがギアを積み上げている場所の前で俺を呼ぶ。

いつの間に移動したんだよ。

その前にだな。じっと俺の傍で佇《たたず》んでいたアルルに向き直る。

「アルルには俺の護衛以外のことは頼めないのかな？」

「ヨシュア様が見えるところにいなきゃ」

「じゃあ張り付かなくてもいい？」

「はい。セコイア様が。いるので」

「セコイアがいるから？」

「はい。セコイア様なら。ヨシュア様をお護《まも》りできる」

「なるほど。アルルとセコイアの二人だから、張り付かなくてもいいってことか」

「はい」

「じゃあ、アルルはそこで葦《あし》を集めておいてもらえるか？」

「うん！」

ほらと腰から吊《つ》っていた大型のナイフを鞘《さや》ごとアルルへ手渡そうとする。

しかし彼女は丁重に謝絶し、無手のまま動き始めたのだった。

アルルが葦の群生している川原《かわら》にしゃがみ込んだことを見届け、トーレの元へと向かう。

「さっそく組み上げていきますぞ」

到着するなり、ギアを掴《つか》んだトーレがきらりと目を光らせた。

組み上げるといっても、俺は手渡しするくらいしかできないんだよな。

木工細工セットと違って、はめ込めば終わりってわけじゃないから。

テキパキとギアを組み始めたトーレをよそに、積み上がった部品に目をやり感嘆の息を吐く。

鉄はまだ使えないから、木製ギアなんだけど精巧にできている。

これほどの量をよくぞこんな短時間で作り上げたものだと、賞賛の言葉しか出ないよ。

これに加えてすでに水車も作り上げてんだから、どんだけだって話だ。

ん、何だこれ。

ホースのような緑色の管が目に付く。

興味を引かれ、手に取るとなんだがブヨブヨしている。柔らかいゴム製のホースって感じだけど、公国でゴム製品を見たことがないんだよな。

実は俺が知らないだけで、ゴムがあったのか？　それならとっても損をした気持ちになってしまう……もう今更だけどさ。

「さすがヨシュア坊ちゃん。目の付けどころが職人魂をそそりますな」

作業の手を止めぬまま、トーレが「ほっほっほ」と朗らかに笑いながら、俺に声をかけてきた。

「これ、何だろう」

引っ張ると伸びる。ゴムに似た素材だったら、水も通さないのかな。

「それはカイザーフロッグの表皮ですぞ」

「え……カエルの皮⁉」

川辺でホースに水を通してみようとした手が止まる。

そのまま放り投げなかった俺を褒めて欲しい。

「もちろん、そのまま皮を剥《は》いだだけでは使えませぬぞ。皮を革になめすのに似た手順を踏むのです」

「へえ。使う薬品がなめしと異なるのかな」

「左様。此度《こたび》の部品にぴったりと思いましてな」

「確かに。こいつはいい。カイザーフロッグってやつはこっち《カンバーランド》にもいるのかな」

「はて。似たようなモンスターはいるかもしれませぬなあ。ほっほっほ」

探してみる価値はある。

バルトロ辺りに相談してみよう。カエルの捕獲は嫌がられるかもしれないけど……。

「ほう。坊ちゃん、その顔……何か面白いことを考えておりますな！」

「あ、うん。量が用意できるのだったら、いろいろ使えるぞ、これ」

「そいつは楽しみですな。ぜひ、カイザーフロッグを発見してもらわねばなりませぬな」

日本ではゴム製品が溢《あふ》れていた。

タイヤや窓枠の隙間《すきま》、はては輪ゴムまで用途は様々だ。ゴム製品を作ることができるとなれば、選択肢が広がるよなあ。

ゴムがあるなら、もっとありふれていた製品……プラスチックなんかも製作できれば、カンパーランドを中心にブレイクスルーが起きるぞ。

「いや、待てよ。何もカエルからとらなくてもいいのか」

「ほう？」

「ある種の植物とか、可能性を探ってみようか。カエルが見つかるならそれでいいんだけど、量産したいなら育てることができるものなら……」

「カエルを飼育するのですかな？」

「それはちょっと……」

カエルから離れようよ……。

ゴムといえば、ゴムの木の樹液だったっけ確か。

会話をしている間にもトーレの指は留《とど》まることを知らず、正確に繊細に作業を進めている。

お次は大きなパーツだな。

「持ってるだけならできるから、手伝うよ」

「でしたら、そちらの端を持ち上げていただけますかな」

「りょーかい」

カエルゴムで遊ぶのもおしまいだ。

さあて、ようやく俺の出番がやってきた。

ところが、背後から渋い男の声がして俺とトーレを呼び止める。

「ヨシュア様。私が支えても構いませんか？」

「ルンベルク！」

「不肖なる身ですが、力だけは有り余っております」

声の主はルンベルクだった。三人の領民を連れた彼は、邸宅で見せるのと同じように深々と頭を下げる。

ルンベルクにはルビコン川周辺の警戒を任せていたのだから、ここが拠点となっていた。なので、姿を見せても何ら不思議ではない。

「哨戒《しょうかい》任務ありがとう。首尾はどうだ？」

「はい。現在のところ、周辺地域に危険はございませんでした」

「それでちょうどここへ戻ってきたってわけなんだな。それなら少し休憩してもいいのに」

「いえ。ルビコン川のほとり……つまりこの場所を中心に威力偵察せよと伺っておりました。しかしながら、護衛対象がいるとなれば警戒範囲は限定されますかと」

「確かに言われてみればそうだ。本来、哨戒任務を頼んだのは、領民を危険から護るためだからな」

「左様でございます。屋敷の方はバルトロが守護しておりますし、距離が離れたここを死守すれば任務は完遂できると愚考した次第です」

「それで、せっかくだからお手伝いを申し出てくれたわけか」

どうしたもんかな……いや、ありがたく申し出を受けよう。

ルンベルクだけじゃなく、彼に付き添っている領民三人も手伝いをって雰囲気だし。

「分かった。お願いするよ。俺はトーレの作業を見守りつつ、ガルムたちのところも見るよ」

「この者たちのうち二名を大工作業に向かわせてもよろしいでしょうか？　トーレ殿への助力は私ともう一名でこと足りるかと」

「その辺は任せるよ。ただし、動き過ぎて倒れないよう休憩を挟みつつ、注意して欲しい」

「慈愛溢れるそのお言葉、このルンベルク。心に深く刻みました」

片膝《かたひざ》をついて頭《こうべ》を垂れるルンベルク。

あ、また絹のハンカチを目に当て始めちゃった……。

「トーレが待っている。頼むぞ」

「御心のままに」

は、ははは。変な笑いが出てしまった俺なのであった。


トーレ、ガルム、彼らの徒弟を順繰りに回りつつ、時折アルルの様子も見に行っていたらあっという間に日没となる。

彼らの作業は神速といっていいが、さすがに昼過ぎから始めてだと完成とまではいかなかった。

作業は明日に持ち越しだな。

暗くなってきているのに作業をやめようとしない困ったドワーフとノームの首根っこを掴み、屋敷前まで帰還する。

戻ってきたら、領民たちもそれぞれの作業を終えており、ところどころで松明《たいまつ》の灯《あか》りが見えた。

未《いま》だ野宿を続ける彼らに申し訳ない気持ちになりつつも、なるだけ早く住環境を整備しないと、と決意を新たにする。

「働きたくないでござる」な気持ちが本心だけど、今はそんなことを言ってらんないのだ……。

俺だけ屋敷で寝泊まりしているのだもの。

屋敷に入ることができるだけ領民を迎え入れようとも考えたが、それをすると選ばれた人と選ばれなかった人の間でいざこざが起きかねない。

子供や年配の人だけでもとも考慮したが、こちらも数が数だけに諦《あきら》めることに。

なかなかままならないものである……。

◇◇◇

——翌朝。

ハウスキーパーのみんなと報告会をしてからと思ったんだけど、徹夜をしたために領民を一日待たせてしまったから、先に演説を行うことと相成った。

前回と同じくルンベルクとバルトロが集まった人たちの最前線に立ち、これ以上前に進まないようにしてくれている。

俺はといえばメイドに前後を固められたある種情けなく見える姿でてくてくと何もない庭を進む。

「公爵様がお見えになったぞ！」

「ヨシュア様！　ヨシュア様！」

「我らが至宝！」

うはあ。屋敷から出て来ただけでこれかよ……。

でも心なしか、前回より民衆のみなさんの絶叫の声が大きくなっている様子。

バルトロが程よいタイミングで移動させてくれた演壇に登る。

ウワアアアアアア――。

耳をつんざくような大歓声が響き渡った。

うわあ。

増えてる。明らかに増えていらっしゃる。

「ヨシュア様」

演壇の下から片膝をついたルンベルクが俺を呼ぶ。

対する俺は目だけ彼の方に向ける。

「集まった領民の数はおよそ六百に及びます」

「あ、ありがとう……」

「ヨシュア様を慕う領民がこれほどまでに。このルンベルク、感無量でございます」

絹のハンカチを目に当てるルンベルク。

俺は胸いっぱいだよ……。

予想はしていた。だから、村規模ではなく街規模のインフラを整えようと動いていたんだ。

公都から徒歩で来る人を含めれば、さらに人が増えるだろう。

徐々に増えていっていることを幸いと捉《とら》え、急ピッチで設備を整える。

これしかねえ。

すうっと両手を広げると、思い思いに叫んでいた領民たちが一瞬にして水を打ったかのように静まり返る。

「諸君。私を慕い、国を投げ捨ててまで集まってくれた諸君。新たにここを訪れた者も全《すべ》て等しく私を慕い集まった人たちである。違うか？」

この言葉に誰《だれ》もが頷《うなず》き、もろ手をあげ一斉に怒号のような拍手が巻き起こった。

よし、反応は思った以上に上々。

覚悟を決めろ、俺。なあに、元より三年でなんとかして引退するって宣言しているじゃないか。

これからの演説は、単なる儀礼に過ぎない。

「諸君。私はこの地に街を作ろうと思う。そして、諸君にはこの地の領民になって欲しいのだ。私を主《あるじ》として、共にこの地を盛り立ててくれないだろうか？」

「ルーデル公爵！　もちろんです！」

「我らは公爵様と共に！」

「ヨシュア様万歳！」

感涙する人が半数。地に両膝《りょうひざ》をつけひし形に指先を切る人が次に多い。

両手を握りしめ天高くつき上げる人や、思いの丈を叫び続ける人……。反応は様々だが、誰もがやる気になっていると判断できた。

「私はもはやルーデル公国の公爵ではない。だがこの地を治めるにあたって名は必要だ。ここに宣言しよう」

ここで一旦《いったん》言葉を切り、集まった人たちを見つめる。

群衆は再びシーンと静まり返り、固唾《かたず》を飲《の》んで俺の次の言葉を待つ。

「ここをカンパーランド辺境国とし、街の名はオラクル。私は今後、辺境伯と名乗ろう。ルーデルの名は捨てる。ただのヨシュアと呼んで欲しい」

次の瞬間、本日一番の歓声が湧《わ》きおこる。

ウオオオオオ――――。

「ヨシュア辺境伯様万歳！」

「カンパーランドに栄光あれ！」

国の名を宣言したところで、領民の生活が変わるわけではない。

しかし、名をつけ自分が公爵ではなく辺境伯である、と宣言することは決意の表れとなるんだ。

そうすることで集まった人たちは領民となり、俺は不本意ながらこの地の主となる。

国の体裁なんてまだ何もない。住宅さえこれから建築しようかってところだものな。

だけど、国として意識を一つにすることで、みんなが同じ目標に向かって歩いていくことができる。

やるぞって気持ちになれるんだ。

◇◇◇

大盛況の演説が終わった後は、一旦屋敷に戻った。

場所は食堂。エリーがお茶を出してくれて、ルンベルクとバルトロの二人が黒板を運びこむ。

余ったアルルがソワソワしていたけど、「残ったアルルは護衛なんだろ」と言うと落ち着きを取り戻した。

満面の笑顔つきで。

「それじゃあ、みんな着席してくれ」

「承知いたしました」

代表してルンベルクが応じ、全員が一礼してから椅子に腰かける。

「昨日《きのう》聞けなかった報告から聞こう。じゃあ、ルンベルクから」

「ハッ！　水車を設置している地点を中心に探索に当たりましたが、脅威となるモンスターや猛獣は発見しておりません」

「カタツムリとかペンギンはいたか？」

「大型のカタツムリは多数見かけました。ですが、ペンギンとはどのような生物なのでしょうか？」

「こんな感じのずんぐりした」

黒板にへたくそな絵を描いてルンベルクに説明する。

対する彼は首を横に振り、出会ったことがない様子だ。

「重要な生物なのでしょうか。希少な素材に？」

「いや、個人的な興味だ。特に思うところはない。川を越えてまで探索してくれてありがとう」

「ハッ！」

「本日は別の任務を任せたい。年長者……でなくてもいいか。指導力のありそうな人、職人になりたい人、などなど領民に聞き込みを行ってくれないか？」

「全力で当たらせていただきます」

彼ら四人だけでは指示を出す人手が足らな過ぎる。

同じくガラムとトーレ、その徒弟だけじゃあ職人が足りない。

俺の予測だと、今後一か月以内に領民の数は千を超えてくるだろうから。

これだけ人が集まっているのなら、元々職人の人もいそうだけどねー。

「次、バルトロ」

「おう。新しく見つけた果実なんかは屋敷に持ち込んでいるぜ」

「ありがとう」

「ほかに……キラープラントとそいつを捕食するモンスターを見かけた」

「やはり、パイナップルに？」

「おう。パイナップルの群生地にそいつらはいた」

「脅威度は測れるか？　危険と感じたら撤退でいい」

「そうだな。キラープラントを捕食する稲妻をまとった獣型モンスターはちと危険かもしれねえ」

「稲妻だと……！」

興味を引かれ前のめりになる俺に対し、バルトロはしたり顔で鼻を指先でさする。

「ヨシュア様が興味を持たれると思ったぜ。狩猟するか観察するかどうする？」

「そうだな。捕獲が一番だけど、危険過ぎるよなあ……」

稲妻といえば電気だ。

いや、そのモンスター自体を発電に使おうなんて思っていない。

稲妻をいつでも出せるとなれば、いろんなことに使えるぞ。いや、威力の調整ができないか……。

それでも、尚、試してみる価値はある。

「捕獲か。稲妻さえ何とかなる素材ならいけるんじゃねえか」

「ううむ。あ、そうか。雷獣の観察をして欲しい。そいつはいつもビリビリとしているのか？」

「雷獣？」

「ああ。勝手に名前をつけてしまった。そのモンスターって呼ぶのもあれだからさ」

「いいな！　雷獣って。雷獣を観察してみねえと常にビカビカしているかは分からねえ」

「もし常に帯電しているのなら、必ず近くに無事な生物がいるはず。そいつが雷に耐性を持っているはずだ」

「なるほど！　さすがヨシュア様だぜ。じゃあ俺は、引き続き探索ってことでいいんだな」

よおっしと言わんばかりに拳《こぶし》を手のひらに打ち付けるバルトロ。

「頼む。じゃあ、ルンベルクには追加の任務となってすまないが、アルルとも協力して街の守護も頼む」

ルンベルクとアルルが会釈を返す。

今日はエリーが護衛だったはずだからアルルにお願いしたんだ。

「エリー、すまないが、今日は俺の護衛を頼む」

「何よりの喜びでございます！」

すんごい喰《く》いつきにタジタジしてしまう。

メイドたる者かくあるべしという理想を体現したような凜《りん》とした佇まいのエリーが、美味《おい》しいものを前にした子供のように頬《ほお》を紅潮させ目を輝かせていたのだもの。

これをアルルがやったのなら、そこまで驚かなかった。むしろ、「よーしよーし」と微笑《ほほえ》ましい気持ちになっていたかもしれない。

変な気を回してしまったかなあ。エリーもアルルも、指示を出さずにいたらしゅんとしてしまっていたからさ。

なので、ちゃんと「護衛を頼む」と事前に言ったわけなんだが……。

コホンとワザとらしい咳《せき》をすると、エリーはぶすぶすと湯気が立ったように真っ赤っかになってずぶずぶと落ちて行くように額に手を当てた。

「えー。俺は俺で適宜動く。最初はルンベルクとアルルと共に屋敷の外に出る」

「承知いたしました」

ルンベルクの会釈へ右手をあげ応じ、この場は解散となる。

◇◇◇

屋敷の外は指示を待つ領民たちで溢《あふ》れかえっていた。

「えー、お客様の中にドワーフかノームはいらっしゃいませんかー」なんて軽い感じで聞きたかったのだが、生憎《あいにく》立場上そのような軽いジョークが通じる感じが微塵《みじん》もない。

なので仕方なく、準備が完璧《かんぺき》なできる男ルンベルクが設置してくれた演壇に登る。

うん、さっきあれだけ歓声をあげたというのにまたもやすごい熱気に包まれる屋敷前。

両手をゆっくりと開くと、シーンと辺りが静まり返った。

「諸君らの中に、木材を乾燥させることのできる者はいるか？　いたら申し出て欲しい」

どよよとどよめきが上がる中、四人の領民が手をあげてくれる。

「領民の諸君。諸君らの働きにより、僅《わず》かな期間でこれほどの木材を準備することができた。心から礼を言う」

「ヨシュア様！」

「なんと、領民思いのお方か……」

軽く礼を言っただけなのにもかかわらず、両膝をついて滂沱《ぼうだ》の涙を流す人やなぜか分からないが俺に両手を合わせ拝みだす人までいるじゃあないか。

こいつは軽々しい言葉を発することに対し気を付けないといけないな……。

注意するといっても礼とか褒めるのなら問題ない。叱責する場面が出た場合、細心の注意を払わねばとんでもない事態になるかもしれないってことを肝に銘じておかないと。

表面上、動じた姿を見せぬようにしつつも、内心で、はあぁと深呼吸をするかのように気持ちを落ち着ける。

「一刻も早く諸君らの住宅を準備したいところなのだが、生憎木材が乾燥するまでに時間がかかる。そこで、木材を乾燥できる者を募ったのだ。この後の動きについては、ここにいるルンベルクの指示を受けて欲しい。農業従事者は何か問題があればアルルが窓口となる。頼んだぞ。親愛なる領民の諸君」

ウオオオオオオ――――。

大歓声に右手をあげて応じ、演壇を降りる。

「ルンベルク、もう一つ頼みがある」

「ハッ！　なんなりとお申しつけ下さい」

片膝《かたひざ》をつき、俺を見上げている彼は感涙していた……。

ここでひいていたらダメだ。うん。

いつものことだと割り切ることが肝要である。

「昨日、道の予定地について相談したことを覚えているか？」

「はい。しかと心に刻んでおります」

「ロープもない状況だし、石灰を砕いて線を引くくらいはできるか？」

「それならば可能です」

「屋敷から中央大広場まで白線を引いてくれるか？　いつまでも屋敷の外じゃあなと思ってさ」

「承知いたしました。全《すべ》ては御心のままに」

木材の乾燥が終わり次第、どんどん住宅を建てていくことになる。

それと前後して、道のスペース確保を行わなきゃいけないんだけど、家の前に人だかりがあるのもなんだか気が引けちゃうんだよ。

よし、ここはこれで大丈夫そうだ。

傍らで控えるエリーへ目を向ける。

「エリー、馬を頼む」

「承知いたしました」

エリーはお腹《なか》の真ん中辺りに両手を添え礼をする。もちろん彼女は俺を置いて馬を取りに行くなんてことはしない。

彼女にとって護衛任務が第一だから、俺が動くに合わせて馬のいる場所に誘導してくれることだろう。

ん。移動しようと思ったところでアルルが何やら言いたそうにもじもじとして猫耳をぴくぴく震わせている。

「どうした？」

「か、かっこよかったです！　演説をされる。ヨシュア様。いつも」

「そ、そっか。は、ははは。頼んだぞ。アルル」

「はい！」

ご機嫌に尻尾《しっぽ》をピンと立てたアルルは、群衆の中へと消えて行ったのだった。

◇◇◇

お次に向かったのはルビコン川のほとりだ。

水車のところへ到着すると、すでにガラムらは作業の真っ最中だった。

それにしても……作業が進み過ぎじゃあないか？

元々あった水車は未《いま》だ取り外されたままだが、トーレが担当していた連結部分がすでに完成している。

作業を終えたトーレの姿が見えない。でも彼のことだ。ほかの作業をしているに違いない。

鍛冶《かじ》場の建物も外観だけを見るなら完成していた。木と漆喰《しっくい》のシンプルな平屋だったけど、必要十分に見受けられる。

一方でもう一つの重要パーツを製作中のガラムの方も大詰めを迎えているようだった。

彼の作っているものは、直方体の横幅二メートル、奥行八十センチ、高さ六十センチほどの木箱とその中身である。

できれば木箱を補強したいところだけど、水車の軸と同じく鍛冶施設がないと鉄も使えない。木製のままでもしばらくは使えるし、まあそのうちってところだろう。

ちょうど手の空いていそうな狐耳《きつね》ロリを発見したので、声をかけてみるが反応がない。

両腕を組み、じっとガラムの作業を見つめる彼女は「ぶつぶつ」と何かを呟《つぶや》いていて俺の声が耳に届いていないようだった。

こうなるといたずら心が生まれてくるのが人ってもんだろ。

中腰になり後ろからセコイアの頬《ほ》っぺたをむにゅーとしてみる。

しかし、まだ反応がない。

ふ、ふふ。頬っぺたは本命ではない。俺の本命はここだ。

もふん。

狐耳に触れる。

いやん、触り心地がよいわあ。昔実家で飼っていた柴犬《しばいぬ》のポチを思い出す。

「ポチー。よおしよおし」

「何をしとるんじゃ……キミは」

「ポチが喋《しゃべ》った！」

「誰《だれ》がポチじゃあ！」

体ごとこちらに向きを変えたセコイアが両手でぽかぽかと俺の胸を叩《たた》く。

「いやあ、冗談じゃないか。それで首尾はどうだ？」

「本当に冗談かの？」

「冗談って言っているじゃあないか。ポチ」

「……まあよいわ。もう間もなく完成ってところじゃの。あとは全てを連結させるのみ」

「早過ぎないか……？　まだ二日目だぞ」

「そうじゃな。ボクも驚いておる。こやつらの腕が余程良いのじゃろうて」

なるほどな……。

熟練職人が己の興味全開の仕事に対し、欲望のままに思う存分力を振るった結果がこの作業速度か。

この本気を住宅の方に出してくれれば、なんて思ったけど鍛冶場は彼らにしか作ることができないだろう。

何事も適材適所ってやつかと納得する俺であった。

閑話三　ヨシュア追放後、ルーデル公国七日目

ルーデル公国公都ローゼンハイム――。

ヨシュア追放から五日目にして、ルーデル公国は国教制度を復活させる。

国教に選ばれたのはもちろん「聖教」にほかならない。聖教は元々ルーデル公国の国教だったのだが、ヨシュアが五年前に国教制度を廃止していたのだった。

これには領民から厚い信頼を受けるカリスマ公爵が決めたこととはいえ、一部から反発があったという。

当時のヨシュアは聖教会関係者及び、一部貴族、商会からの諫言《かんげん》を受けるも断固として拒否。国教制度の廃止を断行した。

曰《いわ》く、公国内の聖教信者は領民の凡《およ》そ八割であり、全てではないこと。

曰く、国教指定を受けないからといって、聖教信者の信仰心に揺らぎが出るのか？　もしそうならば、真の意味での信仰といえるのか？　聖教が公国内で愛されていることは火を見るよりも明らかである。

などと公布し、領民の理解を求めた。

自らの信仰心が試される時などとして、聖教内にも同調する者が多数いたためルーデル公国は多

少の混乱を見せつつも国教制度の廃止を受け入れる。

これほどスムーズに受け入れられたのは、やはりヨシュア自身のこれまでの実績とカリスマ性によるところが大きい。これまで彼の治世によって多くの者が飢えから救われ、国が瞬く間に裕福になっていた。国教制度の廃止についても何か大きな意味があるのだろうと多くの領民は考えていたのだ。

事実、国教制度の廃止をしたことによって聖教を信仰しないエルフをはじめとした種族が公国に流入し、多様化した公国はますます繁栄することになった。

話は戻るが、ヨシュアを追放した聖女は聖教の最高責任者の一人である。

聖教に帰依し、全《すべ》ては神の御心のままにを信条とする彼女が聖教を国教に復活させたのは何ら不思議な話ではない。

むしろ、当然のことだと言えよう。

さらに聖女は国政の最高意思決定を行う場として相応《ふさわ》しいのは、城ではなく聖なる教会の最も神聖な場所であるべきだとし、教会の中に承認の場を設けた。

政治中枢の場である公宮と城は一体化し同じ場所にあると言えるが、教会はそうではない。

教会はローゼンハイム中央に位置する城から程遠い街の最北端の小高い丘の上に立っていた。

承認の場を教会に移してからというもの、聖女は教会の奥深くから動けずにいる。

無表情に椅子に腰かける聖女の元へまた一人、農業を担当する大臣がやってきた。

「聖女様、こちらの書類にご署名を頂けませんでしょうか?」

「畏《かしこ》まりました」

深々と頭《こうべ》を垂れる文官からスクロール状になった書類を受け取った聖女は、しずしずと神像前にある台座のところで両膝《りょうひざ》をつく。

書類を広げ、ひし形に指を切った聖女は両手を組み神へ祈りを捧《ささ》げる。

すると、独りでに文字が浮かび上がり、彼女の名を記した署名が完成したのだった。

「どうぞ」

「ありがとうございます！」

深々と礼をした大臣がそそくさとこの場を辞そうとした時、聖女がぽつりと彼の名を呼ぶ。

「バルデス卿《きょう》」

「何でございましょうか。聖女様」

「必要なことなのでしょうか」

「と申しますと？」

「全ては神の御心のままにご判断なされるのです。わたくしたちが決めることなど何もないのでは？」

「そ、そうは申しましても、すぐに制度を変えるわけには……」

しどろもどろに答えた大臣は、逃げるように去って行った。

教会を出たところで、大臣が大きなため息をつき、天を仰ぐ。

「ルーデル公爵……。これが本当に神託が望んだことなのでしょうか……これでは何も決められません。神は我らに向け何ら言葉を発しません」

重い足取りで馬車に乗り込む大臣の顔には悲愴《ひそう》感が漂っていた。

◇◇◇

戻った大臣は親しい間柄の外交を担当する大臣に呼び止められる。

「どうされました？　グラヌール卿」

「商会からまたせっつかれましてな……」

きっと愚痴を聞いて欲しいのだなとすぐに分かった農業を担当する大臣ことバルデスは彼をお茶会に誘う。

「――というわけなのですよ！　獣人の長が率いる部族国家レーベンストックが急に対応が冷たくなったとか言うのですよ。私はこれでも必死でかの国と取引停止になることを何とかしたというのに。これ以上何をしろというのだ！　それに――」

グラヌール卿の言葉は留《とど》まることを知らない。

余程溜《た》まっていたのだろうとバルデス卿は彼の言葉が止まるのを静かに待つ。

「――というわけなのですよ！」

「そいつは災難でしたなあ。グラヌール卿。私も今日、アレに行ってきたのですがね」

「おおお。ついに聖女様に苦言を？」

「できるわけなかろう。かの方は聖なる神に選ばれ『神託』を持つお方。いかな貴族といえども、口を出せるわけがなかろう」

「といっても、ですよ。そうも言っていられないのでは。まだ、ルーデル公爵が成し得た栄光の残り香がある。だが、それもいつまでももちはしないだろう」

「うーむ。そういえば大臣。悪いことばかりでもありますまい。北の帝国は聖教国家でしょうに。かの国とより親密になれるのでしたら」

「あまり変わりませんぞ。ルーデル公爵は隣国と良好な関係を築いておられた。それが維持されるに過ぎないということです」

話題を明るい方向に変えようとしたバルデスはあえなく撃沈してしまった。

そんな彼に対し、グラヌールは苦笑を浮かべ紅茶を口に含む。

「そうそう。領主ではありませんが、ついに領主に準じる者が国を出てしまったお話は耳に届いておりますかな?」

「聞いております。伯爵の娘でしたな。あの方は公爵をいたく慕っており、公爵の信も厚かったですからなあ」

「ですな。令嬢が公宮にいた三年間は、とても政務が捗《はかど》りました。公爵も彼女に触発されるかのようにますます政務に磨きがかかっていたものです。誠に遺憾ながら国元に帰られてしまいましたが、伯爵領が相当に栄えたとか」

「ルーデル様……私もいっそそちらへ向かいたい。ですが、あなた様が愛し育てた公国を捨てることはあなた様の成果に泥を塗りかねないとも思うのです」

「私も同意見ですな……たとえ泥船になったとしても公国はルーデル様の愛と努力の結晶。それを……」

雑談のつもりで話題を振ったグラヌールも撃沈してしまったようだ。

最後は二人揃《そろ》って暗い顔になり、お茶会が終了することと相成った。

第四章　雷獣、ひらめいた！

この分だともう俺が手伝えることはないな。ガラムの作業をじっと見つめるセコイアから目を離し、鍛冶《かじ》場予定の建物、水車と順に目を向けていく。

見事なもんだ。機械に頼らずとも、こんなに精密な仕事ができるのだからな。職人ってすげえや。

昨日《きのう》考えたことと同じ思考になったなと苦笑してしまう。

その時、建物の窓からひょっこり顔を出したトーレと目が合った。

「ヨシュア坊ちゃん、来られていたのですな！」

「うん。来てみたら、ビックリしたよ」

「建物の準備も完了いたしましたな。ガラムを待って、後は組み合わせるだけですぞ」

「もう少し時間はありそうだな」

「ですな。某《それがし》は若いのと共に伐採にでも行きましょうかな」

言うや否やもう体が動いているトーレである。

この感じだと朝日と共にここに来て、朝ごはんも食べずに作業を始めていたに違いない。

なら俺は食事の準備をしておこうかな。

川べりまでてくてくと進み、しゃがむ。

手を伸ばし流れる水に触れたら、心地《ここち》いい冷たさが指先から伝わってくる。

エリーも俺と同じように隣にしゃがみ込んだ。

「魚はいるな……」

「はい。泳いでおりますね」

魚影は見えた。

屋敷まで戻ると食材はあるけど、戻って来る前に作業が終わっちゃっているかなあと思ったんだ。

ならば、近くで何か取れないかと川の様子を見に来た。

しかし、来ておいてなんだが、大事なことが抜けていることに今更気が付く。

釣《つ》り竿《ざお》もなければ、銛《もり》もない。

ナイフなら持っているけど、こいつで泳ぐ魚を突き刺すなんて無理に決まってる。

よし、ならば。

立ち上がったところで、エリーが俺に疑問を投げかけてきた。

「何をされるおつもりですか？」

「釣り竿を作ろうかなって。といっても簡易的なものだ。枝に葦《あし》の茎を結び付けたら使えそうだなと思ってさ」

「それでしたら、私が魚を獲《と》ってもよろしいでしょうか？　ヨシュア様のお手を煩わせることはないかと」

「釣り竿を持ってきていたりするの？」

「いえ。魚を獲ることが苦手ではありませんので」

エリーが両手をお腹《なか》の真ん中辺りで揃え、会釈をする。

ピンと彼女の纏《まと》う空気が張り詰め、彼女の右腕がブレる。

びたんびたん——。

次の瞬間、体長十五センチほどの魚が川岸で跳ねていた。

え、えええええ。

驚く俺をよそに、また一匹、さらに一匹と魚が増えていく。

「ま、任せるよ……」

「お任せ下さい」

なにあれ、なんなんだあれえ。

突っ込んだところで、「いざという時、ご主人様に食事を手配できるようにするため」なんて言葉が返ってくるだろうから、あえて何も聞かないことにした。

メイドのたしなみ怖えよ。

武道の達人か何かなんじゃないのかな……うちのハウスキーパーたちって。

いや、彼らがうちに来る前に何をしていたのかなんてことは俺から聞くべきじゃないな。

でも、ルンベルクとバルトロはともかく、メイドの二人に前職なんてものはないんだ。彼女らは働ける歳《とし》になって俺の元にやってきたのだから。

推薦してくれたのはルンベルク。

「彼女らならば、安心してメイドを任せることができます」と彼が太鼓判を押してくれたから、即採用したんだ。

もちろん、反発もあった。

公爵のメイドになる者は、ある程度の家格があった方がいいとかそんな懸念だ。

あわよくば俺と令嬢を結婚させようという魂胆が見え見えだったので、そんな諫言《かんげん》は無視したけどね！

「おーい、ヨシュアの。トーレはどこに行った？」

ん。この声はガラム。

見ると彼は木箱から手を放し、きょろきょろと誰かを探している様子だった。

「トーレは木を伐《き》りにって。もう終わったのか？」

「おう。あとは繋《つな》ぐだけだの。トーレ向きの仕事じゃ」

「終わったのですな。さっそくやりましょうぞ！」

「おうさ。ようやくじゃの」

風のような速度でトーレが戻ってきた。

すげえ。この距離でもトーレはちゃんと会話が聞こえていたんだな。

「これで最後ですぞ！」

ギアを締め、水車を稼働させる。

くるくると回った水車の回転がギアを伝い、ゴム（カエルの表皮）で補強した筒を通って小屋と隣接するように置かれた木箱に向かう。

水車の力で箱のレバーがどったんばったんと動き、炉へ空気を送り込む。

こうしちゃおれん。鍛冶場の炉を見に行かねば。

考えは俺もセコイアも同じだったようで、駆け足で鍛冶場の中に入る。

鍛冶場の中ではガラムと彼の徒弟二人がまだ火の入っていないがらんどうの炉を開け、中の様子を窺《うかが》っているところだった。

「よし、ちゃんと空気が来とるぞ。空気の流れを変えてくれるかのお」

「ボクがやってもいいかの？」

「いいのかの。こちらは見ずとも」

セコイアはガラムの言葉に答えず行動で彼に示す。

つまり、てとてとと走って外の木箱を触りに行ったってわけだ。

まもなく、炉に吹き出していた空気の流れが止まった。

「おお。完璧《かんぺき》じゃないか。あとは実際に火を入れてみてかな？」

「うむ。試してみるかの」

「いや、先にお昼にしないか？　みんな朝も食べていないんだろう？」

「おお。いい香りじゃ。飯を作っていてくれていたのかの」

確かに、魚を焼く香ばしい匂《にお》いが鍛冶場の中にも流れ込んできている。

「うん、エリーがね。魚だけですまないけど」

「ありがたい。先にいただくことにしようかの。お主らも一緒に来い」

徒弟にも声をかけたガラムなのであった。


「数は十分に準備しております。どうぞお召し上がり下さい」

エリーがそう言ってペコリと頭を下げる。

それをきっかけにして、枝につきさした魚を集まったみんなが次々に手に取っていく。

「ヨシュア様、この装置は一体どのようなものなのでしょうか？」

「疑問に思ったことをちゃんと聞いてくれたんだな。その調子で頼むぞ」

「は、はい！」

俺の返した反応が意外だったのか、エリーは戸惑ったように返事をする。

しかし、彼女は口元を綻《ほころ》ばせ自分の胸に手を当てていた。

一方で俺は行儀悪く魚を貪《むさぼ》りながらエリーに説明をし始める。

「あの家は鍛冶場で、外にある木箱は空気を送り出す『ふいご』なんだ。水車の力でふいごを動かし、鍛冶場の中にある炉に空気を送る」

「空気を？」

「うん。燃焼石を使えばそれだけで炉の温度は鉄を溶かすにまで至る。だけど、燃焼石がない状態で、薪《まき》や木炭を燃やしても温度が上がらないんだ」

「そうなのですか！」

「薪に火を付ける時にさ、ふーふーと息を吹きかけたら燃えるだろ。あれと同じ感じで、ひたすら空気を送り込むことで炉の温度を上げるって仕組みになっている」

「よく理解できました。ありがとうございます！」

「手押しポンプで空気を送ってたら、それだけで人手がいるし、何より息絶え絶えになってしまう。そこで、水車を使うことにしたんだよ」

「皆さまの叡智《えいち》の結晶が、この設備というわけなのですね」

「うん。ガラム、トーレ、セコイア、弟子のみなさんの力があってこそだよ」

止まることなく魚を貪り喰《く》らうトーレらに向けグッと親指を突き出す。

こうして燃焼石を使わない炉が完成したのだった。

これで製鉄問題は解決だな。ついでにガラス細工もここで製作できる。


食事の後、さっそくお楽しみの火入れ作業となった。

下準備として薪を燃やし炉の中に放り込み、薪の火力で木炭を燃やす。

「よし。空気を流せ」

「承知です！」

木箱もといふいご装置のところにいるガラムの部下が空気の流れを変更する。

おお、きたきたー。

炉に大量の空気が流れてきて、赤々と炉の中が燃え上がる。

炎の色が赤からオレンジにそして色が薄くなり白に近くなってきた。

「いけそうじゃな」

熟練の鍛冶師ガラムが満足そうに髭《ひげ》をしごく。

「鍛冶はできそうかな？」

「うむ。鉄を溶かすこともできよう」

「ありがとう！　これで燃焼石がなくとも製鉄、鍛冶ができるな」

「いかにも。今回も面白かったぞ。ヨシュアの。鍛冶は任せておけ」

ガハハハハと愉快そうに肩を揺らすガラムは自分の腕をポンと叩《たた》いた。

「それじゃあ。本プロジェクトはこれにて解散ということで」

「ヨシュア坊ちゃん」

ノームのトーレがやれやれと長い真っ白な眉《まゆ》をあげながら、俺を見上げてくる。

「トーレも本当にありがとう」

「これは『手始め』なんてこと、某には分かっておりますぞ。ささ、次は何をやるのです？　ささ。ささ」

「やりたいことは確かにまだまだある。だけど、まずは鉄とガラスを作ってもらわないとじゃないか？」

「それなら心配ありませんぞ。これだけの人数が坊ちゃんを慕い集まったのです」

言わんとしていることは分かる。

今朝《けさ》だって木材を乾燥できる人を募ったら手をあげた人がいた。

純粋な精霊術師だったという可能性もあるかもしれないけど、木材を乾燥させることができる人は大工とかそれに準じる職人であることが殆《ほとん》どだ。

魔法には詳しくないけど、職人じゃなかったら乾燥を習得する時間でほかの術を覚えるに違いない。

ガラムやトーレも言っていたじゃないか。ドワーフとノームは「ものづくり」に関する技術に特化しているってさ。

つまり、仕事あっての魔法なんだよ。

必要は発明の母ってね。

「村の職人なら、大工・鍛冶《かじ》・細工までこなす人も多いからな。あの中にも職人はいるだろう。でも、三日ほどは待たないとじゃないかな」

「まずは家を、という方針ですな」

「うん。雨風も凌《しの》げないし。いつまでも野宿や馬車の中だとさ」

「テント、という手もありますな。しかし、暴風雨や雷雨……天災には無力。家の方が安全性が高い。分かりますぞ」

「そそ。だから、まずは家屋から」

「話は重々承知しました。ですが！　が！　次は何をやるつもりです？　ささ。ささ」

ループしとるがな。

年甲斐《としがい》もなくはしゃぎ、目がらんらんとしているトーレに苦笑いする。

「俺たちは並行していくつものことを進めなければならない。安全・住宅・食事・生活設備の構築……だが、人員には限界がある。優先順位を決めて実行しなきゃならない」

「ですな」

「加えてここは『不毛の地』。魔石と燃焼石がないときたもんだ。だから、ローゼンハイムのようにはいかない」

「そこが楽しみでなりませんな！　どのような手を使ってヨシュア坊ちゃんが課題を解決するのかワクワクしているのですぞ！」

「ボクもだ。何を行う？　何をする？」

「儂《わし》もだ！　ヨシュアの。聞かせてくれんかの？　なあに、どれほど荒唐無稽《こうとうむけい》でも、ヨシュアのが言うことなら全《すべ》て信じる」

そうね。セコイアとガラムも話に乗っかってくると思ったよ。

「本当にざっくりと、いくぞ。魔石がないから、汚水処理と水道が必要になる。これについては下水道の整備を行うことで解決とする。ただし、大工事になる」

「あれじゃろ。コンクリートを使うのじゃろ」

ニヤリと口角をあげ、髭をさするガラム。

その通り。コンクリートで作っちゃおうと思っていた。

コンクリートだけでいけるかどうかは検討が必要だ。古代ローマの下水道設備を真似《まね》て切り出した石とコンクリートで作るのがベストかもなあ。

コンクリートだけでやるとしたら、鉄が問題になってくる。

鉄骨を大量に作るのは……厳しいだろう。鉄が唸《うな》るほどあったとしても加工がなあ……。

「その通りだよ。ガラム。それでさ。ガラス砂を運ぶために橋が必要になるだろ。その橋を工夫し、上水道設備に活《い》かす。下水道の整備が一番の大工事かなあ。いや、外壁工事の方かな」

「確かに、人手が必要となりますな。しかし、熟練者は必要ありますまい。領民総出の勢いを以《もっ》て解決してしまいましょうぞ」

入れ替わるように今度はトーレが口を挟む。

本当に楽しそうだな。この二人、いや三人か。

セコイアの尻尾《しっぽ》がパタパタパタパタパタせわしなく動いていて、興奮した犬のように鼻息が荒い。

せっかく見た目は愛らしい少女なのに、いろいろ台無しである。

「橋の仕組みに理解を深めるため模型を作った方がいいかも」

「おお。某《それがし》がお作りしましょうぞ。後程概要を伝えてくれますかな?」

「うん。助かるよ」

ふう。ようやく少し落ち着いてくれたか。

ん? セコイアが右手を上にあげて「はいはい」って手を振っている。

じーっと彼女の顔を見て、プイっと顔を逸《そ》らす。

「暑苦しい」

「無視するからじゃあ！」

目を逸らしたら飛びついてくるとか獣か、セコイアは。

むぎゅーと彼女の頬《ほお》を押し、自分の体から引っぺがす。

「一度にあれこれ言ってもな、と思っただけなんだって」

「楽しい話はいくらでも、じゃぞ。ガラムとトーレもそうじゃ」

「そうか。分かった。セコイアも意見を言いたいと」

「いかにも」

うんうんとハトが歩くかのように激しく首を縦に振るセコイアである。

振り過ぎだってば。本当に残念な奴《やつ》だよ……。

生暖かい目で見つめていたら、待ちきれなくなった彼女が口を開く。

「ほれ、実験はせぬのか？　公都でやったような」

「やるつもりだ。魔石と燃焼石の代替手段を探さないといけないからな」

「おおお。何をするつもりなんじゃ」

「まだ、決めかねている。だけど、せっかく川があるんだ。水車を増設してそいつを利用しようと思っている」

「楽しみじゃのお」

セコイアはゴロゴロと喉《のど》を鳴らし、ほへえととろけた顔になる。

涎《よだれ》が垂れてきそうなんて突っ込んじゃあいけない。

「それじゃあ、俺とエリーは屋敷に戻る」

「うむ。……待つのじゃ」

「……ヨシュア様。どうかその場を動かれませんよう」

よっこらっしょっと立ち上がろうとすると、途端に引き締まった顔になったセコイアとすううっと目を細めたエリーが俺を呼び止める。

一体何があったのだろう。


「一体何が……？」

「魔獣じゃ。こちらの様子を窺《うかが》っておるの」

にまーと似合わない嫌らしい笑みを浮かべたセコイアが、顎《あご》で窓の方を指し示す。

魔獣……ってことはモンスターが外にいるってんだな。

窓からどんな奴なのか見てみることにしようか。

しかし、一歩踏み出したところでエリーが俺の前に立ちはだかり、両腕を開く。

「いけません。もしヨシュア様の身に何かあっては」

「それほどの相手なのか？」

俺の問いに対しエリーは縋《すが》るような目をしてかぶりを振るばかり。

弱ったな。メイドと戦闘の心得がない俺じゃあどうにもこうにも。

「ヨシュア、キミはここにいるがよい。エリーよ。ヨシュアとトーレらを任せてよいか？」

「お任せ下さい。身命に代えましても」

「大げさな奴じゃの。気配からして魔獣そのものの強さはともかく、気質は脅威たるものではないじゃろ」

軽い感じでヒラヒラと手を振り、外と繋《つな》がる扉に手をかけたセコイアを呼び止める。

「セコイア。君一人に任せていいのか？」

「ボクは妖狐《ようこ》じゃぞ。聖獣ならともかく、ただの魔獣ごとき、『獣を統べる者』として後れをとるわけがなかろう」

「そんな種族があるのか」

「……全く、そのような顔をするでない。何ら心配は要らぬ。ほれ、そこの心配性のメイドから何か聞いておらぬのか？」

「……思い出した」

言ったのはエリーじゃなくアルルだったけど、「セコイアがいるから張り付いて護衛をしなくていい」って。

裏を返せば、セコイアはとっても強いってことだ。


——パタン。

扉が閉まり、セコイアは一人で魔獣とやらの様子を見に行ってくれた。

ハラハラしつつ見守るしかできない俺は、いてもたってもいられずまたしても窓の方へ足を向ける。

再びエリーに立ちふさがられるが、そのまま押し進まんと歩みを止めず前進した。

すると、彼女はぽおっと頬を染めくるりと背を向ける。

そうしたら、エリーの背中と俺の胸がごっつんこ。

さすがにこれならどいてくれるかなあと思っていたんだけど、彼女は動こうとしない。

だが、ここで俺も引くわけにはいかねえ。こんな間抜けな格好になりながら、今更、てへへっと元の位置に戻ることなんてできようか？　いやできまい。

変なところを触ってないですよと両手を上にあげた姿勢でアピールしつつ、一歩進むとエリーも押し出されるように前に動く。

よし、この位置なら見える。

俺の鼻先がちょうどエリーの頭のてっぺんにあたるので、踵《かかと》をあげ窓を覗《のぞ》き込む。

ちなみに、窓は窓枠が空いているだけで窓ガラスがはまっているわけじゃなく、そのまま外と繋がっている。

なので、外から何か飛来したら空いた穴から中に入ってくるってわけだ。

エリーはこれを警戒し、俺を窓へ近づけようとしなかった。

だけど、俺の外を見たいという気持ちを汲《く》み取った結果が、自分が前に立って盾になれるよう密着したってところかな。

これじゃあ護《まも》れるものも護れないぞと思わんでもないけど、案外彼女は無理を通そうとする俺に対し、てんぱってどうしていいか分からず混乱しているのかもしれない。

さて。

セコイアはっと。

おお。落ち着いたものだな。堂々とした足取りで茂みの方に向かっている。

ん。彼女が茂みの少し手前で立ち止まった。

そこでぴくぴくと狐耳を揺らし、両手を腰に当てる。

「風が」

つい口をついて言葉が出てしまう。

セコイアの足元に緑の光で描かれた魔法陣が出現するや、突風が下から上に吹き抜け、彼女の周囲をぐるぐると回り始める。

何が起こるんだろうとドキドキしながら見ていたんだけど、期待とは裏腹にすぐに風がやむ。

こきこきと首を左右に振った彼女は、くるりと体の向きを変え元来た道を戻り始めた。

パタリと扉が開く。

扉を開けたのはもちろんセコイアだ。

特に何かと対峙《たいじ》した様子はなかったのだけど、彼女は一仕事した感ありありでふうと大きく息を吐く。

「もう大丈夫なのか？」

「うむ。魔獣は予想通り大人《おとな》しい草食獣じゃった」

「へえ。実際に目を合わせていないのに分かるのか」

「気配はお互いに見えておったからの。呼びかけたんじゃよ。そして言葉を交わした」

「どうやって会話してんだよ、なんて野暮なことは聞かない。そのモンスター……魔獣は特に危害を加えるような存在じゃあないってことなのかな？」

「いかにも。肉は喰《く》わん。魔獣は子を護る時と食事以外で動物を襲うことはない」

おお。魔獣って野生動物に似た性質なのかもしれない。

対峙したら血みどろの死闘になるイメージなんだけどなー。

「あれ、待てよ」

「どうしたのじゃ？　満腹な魔獣は危険ではないなんて思っておるのかの？」

「うん」

「その考えは捨て置くがよい。草食の魔獣は珍しい。たいていは肉食よりの雑食。常に貪欲《どんよく》に餌を探しておるからの」

「ひいい」

マジかよ。やっぱり超危険生物じゃねえかよおお。

餌をあげればお友達になれるかもなんて考えてしまった自分を殴りたい。

「ヨシュア様……」

「あ、ごめん！」

怖気《おじけ》から、ついつい密着したままだったエリーに後ろから縋りついてしまった。

慌てて体を放す。

が、セコイアが恨めしそうな目で俺を睨《にら》んでいるじゃないか。

「ボクも撫《な》でてくれるくらいしてくれてもいいと思うんだがの。ほれ、魔獣のところに行ってきたわけだしの？」

「これは不可抗力だって。怖いこと言うから」

「キミの勘違いを正そうとしたまで。いざ魔獣と対峙することになったらどうするのじゃ？」

「確かに。すまん」

素直に頭を下げたら、セコイアもばつが悪そうに首を傾け自分の口を指先で撫でる。

「そうそう。セコイア殿、一体どんな魔獣だったのですかな？」

ナイスフォローだ。トーレ。

変な空気になってしまっていたからな……。

トーレとガラムは自分の興味がないことについては、滅多に口を挟んでくれない。

これは俺とセコイアを気遣って発言してくれたのだろうと思う。

「あやつはどれほどの範囲かは分からぬが、森の主に近い存在のようじゃったの」

「特徴は分かるか？」

「実際見てはおらぬからのお。最近、人間と遭遇したらしく、回る水車に興味を引かれたみたいじゃったな」

「人間と遭遇した……うーむ。それならバルトロたちかルンベルクたちのどっちかと対峙したんだろう」

森の主というからには、やっぱり強いんだよな？

バルトロたちに狩猟せよと指示を出さなくてよかったぜ。基本観察で偵察、探索をお願いしていたからな。

「お、そういえば。雷を操るとか言っておった気がする」

「雷獣か！」

セコイアの肩を掴《つか》みかっくんかっくんさせてしまう。

「名は知らぬがの」

「そうかそうか。草食獣だったか。こいつはお手伝いをお願いできるかもしれんな。セコイア、協力してもらえないか？」

「キミのことじゃ。何やら興味深い実験に使うのじゃろう？」

「その通り」

「そういうことなら喜んで協力しようではないか」

がっしと固い握手を交わす俺とセコイアであった。

その時、ずっと押し黙り腕を組んでいたガラムから「ううむ」とくぐもった唸《うな》り声が聞こえてくる。

どうしたんだ？　と俺を含めたこの場にいた人が彼に注目した。

すると彼は、目を細め長い髭《ひげ》をしごきながら口を開く。

「ううむ。コンクリートなるものは耐火性がそれほどでもないみたいじゃの」

「炉に問題が？」

「うむ。少し火を入れただけじゃが、すでに傷みだす兆候が見えておる。内壁をレンガにした方がよいの」

「そうだったか。すまん。ガラム。耐熱性にまで頭が回っていなかった」

「なあに。たとえ高温に脆《もろ》かったとしても、コンクリートの良さが色あせることはない。建築にこそ、こいつは生きるじゃろうて」

「なら、炉が冷えたらすぐに耐火レンガを内側に張りましょうぞ」

ガラムの言葉にトーレが乗っかり、彼らは連れ立って小屋を出て行ってしまった。

「うーん。俺もまだまだ甘いな……」

「仕方あるまいて。公国で試したとはいえ、固まるかどうかまでじゃったからの」

セコイアが落ち込む俺の肩をポンと叩《たた》き、だきーっとしてこようとしたのでむぎゅーし返して引きはがす。

◇◇◇

──翌朝。

コンコンと扉を叩く音がして、目が覚める。

「ヨシュア様。お目覚めでしょうか？」

「一応ー」

この声はエリーか。

まさか呼び出しの声で目覚めるとは。ちと寝過ぎたな……。

むくりと起き上がりりんんーと伸びをすると、大きなあくびが出る。

「ふああ」

「ヨシュア様……し、失礼いたしました！」

ガチャリと扉を開け、俺の姿を見たエリーが頬《ほお》を上気させ深々と頭を下げた。

ん、何かおかしなところがあったかな？

確かめてみるが特に体に変わったことはない。

「気にせず入っていいよ」

「そ、そんな。よろしいのでしょうか？　私のような者で……いえ、私は大歓迎ですが……」

ゴクリと大きく息を飲んだエリーが寝室の中に入ってくる。

ゆでだこのように耳から首まで真っ赤《まっか》になったエリーがもじもじと両手を握り合わせていた。

何をそんな恥ずかしがっているのか分からん！

「んー。服？」

「は、はい！」

「ルンベルクが昨日《きのう》手渡してくれたんだけどさ。ガウンってやつはダメだな。すぐほどけてしまう」

そっかそっか。服が乱れていたからエリーが指摘するかしないかで迷っていたってことか。

ガウンてのは帯で締めるだけだから、朝起きたら服が脱げちゃっていて上半身が完全に露出してしまっていた。

一応俺も男だし、女の子から「あんた半裸になっているよ」と指摘するのは辛《つら》いな。

むしろ、俺の貧弱な上半身を見たら「うわあ……」となるよな……すまん。エリー。変なものを見せてしまって。

心の中で彼女に謝罪しつつも、仕方ないなあといった風に苦笑を浮かべ誤魔化《ごまか》すようにおどけてみせた。

「あ、明るいと少し……いや、構わないのですが……え？」

「ほら。帯だけ残っちゃってさ。すぐに着替えるよ。ちょっとだけ待っててもらえるかな」

「は、はい……」

うつむいたエリーはぷすぷすと頭から湯気があがりそうな勢いだった。

エリーから何だか触れたらいけない闇《やみ》を感じる……。ここは、口笛でも吹きながらクローゼットを開け――。

「どえええ！」

クローゼットは部屋の左隅にあって、隣には両開きの大きな窓がある。貴族の別邸として作られているこの屋敷にはちゃんと窓ガラスがはまっているのだ。

それはいい。部屋の構造に対し、特に驚くこともないし思うところもない。

し、しかしだな。

窓の外にアルルがぶら下がっていたんだよ！

頭を下にしてぶらーんとさ。

気を取り直し、窓を開ける。

「びっくりしたよ。窓からぶらさがっているんだもの」

「エリーの大きな声。ヨシュア様。襲われたかもと」

「襲ってなどいません！」

なぜかエリーがアルルに向け叫ぶ。

「ま、まあまあ。大丈夫。何も起こってない」

「よかった。ヨシュア様、服が脱げてます。わたしが」

アルルが腰から吊《つ》り下《さ》がったガウンへ手を伸ばそうとする。

対する俺は首を左右に振って苦笑いを浮かべた。

「着替えるつもりだったし、このまま脱いじゃおうと思ってさ」

「はい！」

「あと、アルル。仕事着をメイド服からホットパンツか何かにするか？」

「ヨシュア様。アルルの服が嫌い？　可愛《かわい》くない？」

「ううん。可愛いと思う。だけど、ほら。スカートでぶら下がると」

「でも、ヨシュア様、この服が可愛いって」

「アルルの好きなようにでいいさ。もし、別のデザインが欲しければ気にせず俺かほかのハウスキーパーに言ってくれよ」

「はい！」

ちなみに薄い青だった。

何がとは言わないが。

「そういや。あ、いや、何でもない」

「とても。気になります……」

アルルにううと拗《す》ねた顔をされると困ってしまう。

いや、本当にくだらない話なんだよ。薄い青なんて見てしまったからついロをついて出てしまったんだ。

う、もう。仕方ねえ。

「昨日さ。セコイアは白だったよ。気にしてたのかなと思っただけだよ」

「アルルも白がいい？」

「俺が言うことじゃないから！」

藪蛇《やぶへび》だったわ。

やっぱり黙っておくんだったよ。

さてと。無駄話もこれくらいにして、着替えよう。

帯をほどこうとしたら、エリーがアルルの首根っこを掴んで扉の外まで引っ張っていった。

パタン。

扉が閉まる。

すでに半裸だし、今更汚《きたね》えもんを見ないようにしてもあまり変わらないと思うんだけど……。

ま、いいか。とっとと着替えて朝食にしよう。


着替えて食堂に行くと、珍しく神妙な顔をしたバルトロが仁王立ちしていた。

ただならぬ彼の雰囲気に襟を正し、どうしたんだと尋ねようとしたら、

「ヨシュア様。本当にすまなかった！　あやまってもどうにかなるもんじゃあないが、すまなかった！」

ガバッと両膝《りょうひざ》をついてバルトロが謝罪したのだ。

彼が何か怒られるような失敗をしたんだろうか？　俺の記憶にはないんだけど。

困惑していると、ほかならぬ彼自身が言葉を続ける。

「雷獣に襲撃されたと聞いた。遭遇した時に倒しておけば……こんな事態にはならなかった。本当にすまない、ヨシュア様」

「何だと思ったら、そんなことか」

「主《あるじ》を危険に晒《さら》してしまうことを考慮せず、雷獣をそのまま見逃してしまった俺の落ち度だ」

「バルトロ。君は大きな勘違いをしている」

まあ座れと、彼を席に座らせ俺は彼の対面に腰かけた。

「いいか。一つ目。未知のかつ俺が興味を引かれそうなモンスターを発見し、判断を仰ぐことは正しい。いきなり討伐報告だと、俺の取ることができる選択肢は減る。だから、バルトロの判断は正しい」

「ヨシュア様……」

「二つ目。俺にはいつも護衛がついている。そもそも危険なモンスターがどこにいるか分からない。だから、元々モンスターに襲われる可能性を考慮し護衛がついているんだろ？　だから、襲われることは想定内だ。そのための対策もしている。故に、俺がモンスターに襲撃されたことを謝罪する必要はないし、気に病むこともない」

「だが」

「最後に結果論。バルトロは結果として俺が雷獣に襲撃されたことを問題にしている」

「おう」

「だが、事実は逆だ。結果論の観点から検討しても、討伐せず生かしておいたことが正解となる。

なぜなら、雷獣は草食でこちらを襲うことがないモンスターだった。さらに、うまくやれれば稲妻を俺たちが利用できるかもしれないからだ」

な、と満面の笑顔を見せ椅子から離れ、彼の肩をポンと叩く。

「ありがとうよ。ヨシュア様。やっぱり、あんた最高だぜ」

「俺は事実を述べたに過ぎないよ。非のない人が謝罪をするってのもおかしな話だろ」

「俺はルンベルクの旦那《だんな》みたいに語彙《ごい》が豊富じゃねえからどう言ったらいいか分からねえが。ヨシュア様のその頭脳と在り方。やっぱりあんたについてきてよかった。いつもありがとうな。ヨシュア様。これからも手伝わせてくれ！」

「俺もだよ。バルトロ。いつもありがとう。こっちに来てからは庭師以外の仕事も任せちゃって。嫌な顔一つせず手伝ってくれてとても感謝しているよ」

さ、話はこれで終わりだとばかりにポンと手を合わせる。

バルトロも察してくれて、膝《ひざ》をパシンと叩き立ち上がったのだった。

閑話四　執事になったルンベルク

屋敷の食堂で一人テーブルを磨くルンベルクの元に、メイドのエリーが顔を出す。

「ヨシュア様はお休みになったようです」

「承知いたしました。今日も一日、お疲れ様です」

「ルンベルク様こそ。こうしてヨシュア様がご無事でいらっしゃるのも全《すべ》て、ルンベルク様のご尽力あってのことです」

「それは違います。エリー。我ら四人がいてこそですよ」

柔和な笑みを浮かべエリーと会話しつつも、ルンベルクは手を止めない。

隅から隅までテーブルを拭《ふ》くルンベルクに対し、エリーも当然のように椅子を拭き始めた。

「エリー、あなたはもう休んでいいのですよ」

「ですが、ルンベルク様が働いてらっしゃいます」

「これは、掃除だけをしているわけではありません。もちろん、埃《ほこり》一つ残す気はありませんが」

「お手伝いさせて下さい。ルンベルク様のお気持ちは測りかねますが、私はこうしていると考えが整理できるのです」

「そうでしたか、奇遇です。最初はテーブルを拭く作業に集中しておりました。ですが、この集中がそのまま心の集中へと繋《つな》がるようになっていったのです」

「かの『英雄』ルンベルク様と同じなんて光栄ですわ」

「もう昔の話です。私はヨシュア様の執事となれ光栄なのですよ。かつての自身より」

ルンベルクがくすりと笑みを浮かべると口元に皺《しわ》が寄る。

彼の表情はとても穏やかで、心からそう思っていることを窺《うかが》わせるものだった。

しばらく言葉を交わした二人であったが、無言となり黙々と清掃作業を続ける。

作業が終わった二人は食堂を後にし、ルンベルクは一人自室で湯気をたてる紅茶を口に傾けた。

紅茶もいずれこの地で作ることができるようになるだろう。ルンベルクは心の中でそう思い、窓から外を眺める。

ヨシュア様ならば、必ずや。

敬愛する若き主《あるじ》のことを考えていたルンベルクは、いつしか過去のことを思い出すようになっていた。

「そう。先代公爵アルフレート・ルーデル様より、ヨシュア様の下で仕える幸運を手にした時から――」

◇◇◇

十五年前――。

ルーデル公国の主たるアルフレート・ルーデル公は一人の騎士を玉座の前まで呼び出していた。

「ルンベルク・ファーゴット卿《きょう》。騎士の中の騎士と謳《うた》われるそなたに頼みがあるのだ。激務の中、呼びだてしてすまなかったな」

「ルーデル公。公に直接お呼びいただくなど、光栄の至り」

四十代に入って尚《なお》、覇気を失わぬスラリとした騎士――ルンベルクは片膝《かたひざ》をつき、腕を真《ま》っ直《す》ぐ横に向ける。

ルンベルクはアルフレートに多大な恩義を感じていた。

というのは、彼は下級貴族出身で、本来であれば騎士の一団を任されるような家格を備えていない。

だが、アルフレートは実力のある者を責任ある立場に据えずしてどうすると、騎士団長だけでなく各大臣までも叱責したのだ。

その結果、ルンベルクは引き立てられ、数々の武勲を立てることができた。

彼が英雄や騎士の中の騎士と呼ばれるようになったのも、目の前にいるアルフレート・ルーデル公爵なくしては成し得なかったことである。

そんな敬愛するアルフレートに直接呼び出されたのだから、ルンベルクの感激もひとしおであることは言うまでもない。

「お主にしか頼めぬことだ。人格、忠誠心、そして、公国で一番の個人武勇を誇るお主にしか」

「勿体《もったい》ないお言葉。私にできることならば」

「執事になってくれぬか？　我が子の」

「執事でございますか……」

青天《せいてん》の霹靂《へきれき》とはこのこと。

戦いに生きた自分がハウスキーパーなどと、自分の耳を疑うルンベルクだったが、アルフレートの顔は真剣そのもの。

「一年の修業の後、執事として我が子の元へ行ってくれんか。所作・学を含め、一年で学びきれるか？」

「あなた様のご命令ならば、このルンベルク。身命に代えましても」

「いや、無理にとは言わぬ」

「いえ、私には是非もございません。公のことですから、きっと深いお考えあってのこと」

「自身の意思を持て。ルンベルクよ。儂《わし》が言ったから従うではいつか綻《ほころ》びがでる。自身に問いかけよ。このまま騎士として勤めるもよし。ただし、執事の件は他言無用としてくれ」

「ルーデル公。恐れながらお聞きいたします。あなた様をそこまで思わせる、ヨシュア様とは一体」

ルンベルクとて、アルフレートの一人息子ヨシュアのことはもちろん知っていた。

唯《ただ》一人の息子ということもあり、アルフレートがいたく可愛《かわい》がっていることも。

だが、自分が執事をということにルンベルクは疑念を抱いていた。

教育係として付けるなら、もっと相応《ふさわ》しい聡明《そうめい》で学のある者もいるだろう。

自分は戦いしか知らぬ。一年勉学に励んだからといって、学者にはとうてい敵《かな》わないのだから。

「これは親の欲目などでは決してない。冷静に公爵として為政者として下した判断だ。そのことを心して聞いて欲しい」

「はい。しかと」

「ヨシュアは『大賢者』のギフトを持っておる。まだ八つになったばかりだが、すでに私など及びもつかぬ知を備えておるのだ」

「ギ、ギフトですか」

「うむ。アレに教師は要らぬ。アレの聡明さは公国を必ずや変える。十年後、公国は様変わりしているだろう。豊かな国へと姿を変えていることだろう」

「そ、それほどでございますか」

「そうだ。私は確信している。ヨシュアこそ、神が公国に遣わした救いの子であると。だからだ。だからこそ、お主に頼みたい」

「承知いたしました！　謹んでお受けさせていただきます」

ルンベルクはアルフレートの言わんとしていることを理解した。

聡明で、一人でも公国を豊かな国へ変えてしまうほどの知を持つ大賢者ヨシュア。

となると、心配の種は唯一つ……暗殺だ。

忠実で裏切ることのない、公国一の実力を持つ自分が適任というわけか。

ルンベルクは心の中でそう呟《つぶや》き、深々と頭を下げる。

◇◇◇

ルンベルクがヨシュアの執事となってから一年。

彼もまたかつてのアルフレートと同じように、確信していた。

いや、事実、公国はヨシュアが政《まつりごと》に関わるようになってからというもの、目に見えて好転していたのだ。

ルンベルクは歓喜した。

これほどの逸材、いや神の子に仕えることができるなんて。

それだけではない。ヨシュアは知性だけでなく、人格でもルンベルクを感激させるに足るものを備えていたのだった。

アルフレート・ルーデルが病に倒れ、ヨシュアが新たな公爵となった時、ルンベルクは提案する。

「ヨシュア様。新たにメイドと庭師を雇い入れませんか？　今後、公爵としての政務も加わることですし、屋敷の一部屋ではなく屋敷の主となるのですから」

「そうだな。うん。ルンベルクに任せるよ」

にこやかに応じる幼さの残る少年にルンベルクを疑う素振りはまるで感じられなかった。

完全に自分を信頼してくれている。

ルンベルクはまたも目元から涙がこぼれ落ちそうになり、ぐっと堪《こら》えた。

　こうして、ルンベルクの選出によって庭師バルトロ、メイドのエリーとアルルが屋敷に迎え入れられることになる。

第五章　絶縁体を手に入れろ

朝食の後、朝の定例会を実施する。

炉の修復というトラブルがあったものの鍛冶場《かじば》が完成したので、住宅問題を一気に片付けてしまおうとハウスキーパーのみんなに告げた。

ルンベルクは鍛冶場周辺の護衛任務。バルトロには建築作業をしている人たちの護衛を頼んだ。

アルルとエリーの二人もオラクル中央広場（予定地）に残し、領民との折衝役についてもらう。

ん？　護衛が誰《だれ》もいないじゃないかって？

そこは心配ない。なぜなら俺はもう一人の強者《つわもの》（とアルルたちが認めている）ロリ狐《ぎつね》と共に行動することにしたのだから。

本日から住宅問題解決の目途が立つまではこの配置で行くと決めた。

屋敷の外でセコイアと落ちあい、彼女を俺の騎乗する馬の後ろに乗せルビコン川へと向かう。

「ええい、暑苦しい。もう少し離れるのだ」

「いいではないか。いいではないか」

後ろから俺にべたーと張り付き、頬《ほお》を俺の背中にすりつけるセコイア。

お前はどこのお代官様だよと突っ込みたくなったが、生憎《あいにく》ここは異世界。日本のネタは通用しない。

「全く……まあ、それでやる気になってくれるのならいいか」

「ヤル気じゃと！　こんな昼間っから」

ダメだこいつ。何とかしないと。

分かっているさ。単にからかおうとしているだけだってことは。

最近の残念ぶりからついつい忘れそうになってしまうけど、セコイアは間違いなくこの世界の賢者といえる者の一人である。

どれくらいの時を生きているか不明だが、知識欲が図抜けており、理解力・分析力も高い。

彼女の協力なくしては、「現代知識」をこの世界で再現させることは難しかった。

端的に語弊を恐れず述べるならば、現代知識《科学知識》において俺とセコイアは一蓮托生《いちれんたくしょう》なんだ。

どちらが欠けても実現できない。俺一人だけだと、元の知識が曖昧《あいまい》なこともあり検証方法、失敗の改善に難がある。

彼女がいれば、その点を補ってくれるから。

貪欲《どんよく》な知識欲が――。

「こらああ。前が見えん！」

やりたいようにやらせていたら、首に腕を回してこようとして馬が揺れ、彼女の手が俺の目に覆いかぶさった。

ええい。この際こうだ。

片手を手綱《たづな》から放し、思いっきり彼女の手を振り払ってやった。

「落ちるじゃろお」

「セコイアならつま先立ちでも馬から落ちないだろ。たぶん」

「まあそうじゃが」

そうなのかよ！

突っ込んだら負けな気がして、ぐぐぐと口元を引き締める。

「時にヨシュア。キミのことだ。ボクが可愛いから随伴させたいってだけではなかろう？」

「もちろんだ。昨日《きのう》の魔獣……俺は『雷獣』と呼んでいるんだけど、こいつの好物を探したい。ほかにもカエルの代わりになる素材の調査、いくつかの金属も掘り返したいな」

「雷獣か。いい名じゃの。稲妻を利用したいのかの？　そいつは滾《たぎ》るのお」

「だろ！」

はしゃぐ俺とセコイア。やはりこういうところは同類なのである。

稲妻といえば電気。

電気があればと夢が広がりまくる。しかし、雷獣に頼むにしろほかの手段にしろ、発電ができたからといって電化製品が全くないからどうしたもんかなと。

いや、電気があればいろいろ利用方法があるじゃないか。この世界ならではの使い方も模索したいところだな。

「稲妻を使えば、何ができるのじゃ？」

ちょうどいま考えていたことを読んだかのようにセコイアが質問をしてくる。

「そうだな。例えば、メッキだろ。ほかには電気分解にも使えるし。まあいろいろだ」

「楽しみじゃ」

「だけど、お楽しみの前に鍛冶場に行って、その後、住居建築の様子を見てからだ」

「相分かった」

会話が終わったところで丁度鍛冶場に到着した。

馬をとめ、「よっこいせ」と馬から降りる。セコイアを降ろしてやろうと手を伸ばしたが、彼女は馬上でぴょーんと跳ねクルリと回転して地面に着地した。

アルルみたいに身軽だな。さすが狐。

「トーレ、ガラム。いるー？」

「ヨシュア坊ちゃん。三日は自粛と聞いてましたが、橋ですか。橋を進めるのですか」

勢いよく扉が開き、興奮した様子のトーレが顔を出す。

「橋を建築したいのはやまやまだけど、昨日言った通り、まずは住居からだな。それまでは模型でも作って」

「模型ならもう作りましたぞ！」

「え……」

「持ってきてはおりませんが、屋敷に届けておきます。夜にでもごゆるりと見て下さい」

「う、うん……」

本気過ぎだろ。

模型を作っていたらトーレの製作欲が満たされると思っていたが、早過ぎる。

な、ならばこうだ。

「トーレ。アルルとエリーが広場にモニュメントを作りたいって計画しているんだよ。橋に取り掛かるまでの間、彼女らに協力してもらえないか？」

「面白そうですな。街の一番目立つ場所に、ですかな」

「うん、オラクルの街の象徴にってね。中央大広場のど真ん中に建てようと」

「ほおおおお。お任せを。すぐに参りますぞお！」

あ、止める間もなく行ってしまった。

「全く、トーレは焦り過ぎじゃの」

そう言ってガハハと笑うガラム。

彼は棚の上に載っていたノミとトンカチを弟子に手渡し、顎《あご》で「行け」と指示を出す。

「ほう」

「分かるのかの。さすがはセコイアだの」

ん、ノミとトンカチに対しセコイアが感嘆の息を吐いて、ガラムがしたり顔で返している。

あのノミとトンカチは何か特別なものなのだろうか？

なんて首を捻《ひね》っていると、今度は別の一品をガラムが掲げた。

掲げられたのはノコギリだ。

随分ファンシーな色をしているな。ノコギリの刃の部分がメタリックブルーなのだから。

ガラムの趣味には見えないけど……彼は派手な色を好まず、無骨な素材そのものの色のままを使うことが多い。

「もう一本作った」

今度は剣だ。剣身が反っていて幅が広い。切ることを重視したつくりだが、厚みをもたせることで頑丈さも満たしたってところか。

こいつもさっきのノコギリと同じくメタリックブルー。ギラギラしていらっしゃる。

「随分と奮発したのお。ガラム」

「ほれ、この地で採掘したものを全《すべ》て儂《わし》のところへ届けてくれたろう。あれを全部使ったところ、この二本が作れたというわけだ。ガハハハハ」

「そのどぎつい色のノコギリと剣って特別製なのか？」

ガラムとセコイアの間に割って入り、疑問をぶつけた。

すると、腕を組んだセコイアが頷《うなず》きを返す。

「剣とノコギリはブルーメタルでできておる。さっきのノミはミスリルじゃ。大工道具で希少な魔法金属を使うなぞ、キミくらいのもんじゃぞ、ガラム」

「最低あと十本は欲しいところだのお。斬石剣と切り出し用ノコギリは」

「ガラム。ブルーメタルって鉄より硬いのか？」

「うむ。鉄でもバターのように切り裂く一級品だからのお！」

力強くドンと胸を叩《たた》くガラム。

そいつはすげえな。さすが魔法金属。何でもありだな。

「本来は一流の冒険者が巨大な龍を相手にする時とかに使うものじゃからのお。贅沢《ぜいたく》にも程がある」

そう言いつつもセコイアの顔は笑っている。

「ありがとう。ガラム。これからやる大土木工事で大いに活躍してくれそうだな」

ガシッとガラムと固い握手を交わす。

◇◇◇

鍛冶場を出たら、予定通り屋敷の方角へトンボ帰りすることにした。

馬が走り始めるとすぐに後ろに乗るセコイアが「ふうむ」と声を漏らした後、ちょんちょんと俺の背中をつっつく。

「らしくない顔をしておるの？」

「やっぱ顔に出ていたか」

顔に出さないようにしていたんだけど、さすがセコイア。観察力が違う。

些細《ささい》な変化も見逃さないいか。

「俺としては収穫があったんだけど、ガラムたちに余計なことをしちゃったかもなと思ってさ」

「何を言うておる。収穫はあったじゃろ。トーレを（中央大広場予定地に）派遣したじゃろ？」

「お、そうだった。いや正直なところ、また二人が暴走してるんじゃないかと思ってて、建築のお手伝いになるような物を作って欲しいと頼みに行こうと繰り出したんだよ」

「……間違っておらんぞ。それ」

「え？」

「模型を作っていたトーレ。ミスリルとブルーメタルで道具を作っていたガラム。あやつら、作業が終わったら必ずほかのことをしだしておったぞ」

「え、そうなの？」

「うむ。ほれ、ガラムが大工道具を作っていたのも、橋と水路のためを思ってであって、結果的に大工にも利用できたに過ぎんぞ」

舐《な》めていた。俺はガラムたちの良識を。

いやいや、さすがにそんなことはないだろ。セコイアが俺に気を使って言ってくれているだけだ。ガラムもトーレも今何が優先されるかくらいの、分別はある。

それでも、念のためを思って鍛冶場に顔を出したんだけど、すでにガラムたちが把握していることに対し、わざわざ指示を出しに行っちゃったと思ってさ。

余計なことをして要らぬおせっかいを焼いてしまったかもと気になっていたんだ。

「そうだな。うん。悩んでも仕方ない」

「あやつらがそのような細かいことを気にする玉か。それくらいの信頼関係はあるじゃろ？　キミとあやつらには」

「だな。余計なことでうじうじしててすまんな。セコイア」

「そういう時は謝罪じゃなかろう？」

「ありがとう。セコイア」

「うむ！　到着したら頭を撫《な》でるがよい」

「それ、ご褒美なの？」

「面と向かって言われるとたじろぐではないか。そ、そんなことより、キミは最初に『収穫があった』と言っておったの？　何が収穫だったのじゃ？」

　あからさまに話を切り換えてきたー。

だけど、丁度いい。彼女に聞こうと思っていたことだったから。

「ミスリルとかブルーメタルのことだよ。俺はこれまで魔法金属？　だったっけ？　に関して全く触れてこなかったから」

「通常金属じゃあないとカガクじゃ分からんだったかの？」

「そそ。でもな。科学は科学。魔法は魔法って考えは効率的じゃないと思ってな。ここに魔法の専門家であり研究者でもある賢者がいる」

「ほ、褒めても何も出ぬ……いや、接吻《せっぷん》くらいならよいぞ」

「それは要らねえ。軽くでいい。到着するまでにミスリルとブルーメタル、あと、魔法金属の概要も教えて欲しい」

「つれない奴《やつ》じゃ。まあよい。しかと聞くがよい。カガクと魔法の融合。とても興味深いからの」

俺の肩に顎を乗せて喋《しゃべ》るのは揺れる馬の上であまりよろしいと思わなかったけど、そこは狐ロリ、さすがの実力である。

彼女は喋っていても舌を噛《か》む様子をまるで感じさせなかった。

魔法金属とはマナと金属物質が融合したものだそうだ。

マナは魔力と同じ意味で、この世界の生物なら必ず体内に含まれているエネルギーの一種である。

マナ《魔力》は俺たちの生活の一部となっていて、灯《あか》りをともすランタンなどの魔道具や魔法といった形で利用されているんだ。

飛竜のブレスなんかも、体内のマナを炎に変換していると言われている。

話は戻るが、魔法金属はマナと金属が融合することによって、元の金属と異なる性質を持つようになる。

「ここまではよいかの？」

「なんとか。通常金属にマナが融合することによって、元の金属と性質が異なるんだな。例えばどんなのがあるんだ？」

「有名な魔法金属は三種類あるの。ミスリル、ブルーメタル、そしてオリハルコンじゃ」

「ほう。オリハルコンってのは、未発見の金属だな」

「この三種以外にもあるのじゃが、三種類の中ではオリハルコンが一番希少価値が高いのお」

「へえ。魔法金属は魔力と金属が融合したものだったよな。となるとミスリルは銀なのかな？　同じようにブルーメタルやオリハルコンも？」

「ほお。よくぞ分かったの。銀と魔力が融合しミスリルとなる。ブルーメタルは鉄。オリハルコンは金じゃの」

おお。ミスリルはあてずっぽうだ。

ほら、ファンタジー世界でよくミスリル銀とか言うじゃないか。あれをまんま適当に言ったに過ぎない。

朧《おぼろ》げながら、魔法金属のことが理解できてきたぞ。

「いろいろ実験、検証してみないと分からないけど、例としてミスリルのことを聞いてよいか？」

「もちろんじゃ。何が知りたい？」

「ガラムが加工していたから、鉄と同じ炉で大丈夫なんだよな？」

「うむ。扱い方は元の金属と似たようなものじゃ。同じくらいの温度で溶けるからの」

「それは分かりやすくていいな。ん、でも待てよ。銀が単独で土壌に存在していることなんてまずない。ミスリルも同じなのかな？」

「異なる。ミスリルは単独でミスリルとして存在しておる。その意味ではある種の宝石類に近いかのお」

「そいつは精錬が楽でいいな。それで鋼鉄より切れ味が鋭いんだろ？　元は銀なのにすげえな」

「うむ。ミスリルは鉄より軽く、硬い。魔法に対する耐性まであるんじゃぞ」

「それはおかしい」

銀が鉄より軽いなんて有り得ないだろ。

銀の比重は十ちょっとくらいで、鉄は七・八くらいだったか。

つまり、銀の方が鉄より重たいのだ。

あああ。この辺も全部魔法なのか。そもそも銀が鉄より硬くなっているのだものな。

魔法効果ってすさまじい。こいつは実験のし甲斐《がい》がありそうだ。

例えば、鉄とブルーメタルの比較とか。塩酸をぶっかけてみたい。

「何がおかしいのじゃ？」

「いや、魔法について俺の知識が足りてないだけだと思う。科学的に調べてみないとなあ」

「カガクか！　そいつは面白い。ボクにも立ち会わせてくれるのだろうな？」

「魔法金属の調査なら、セコイアがいないと進まん。実験をする時は一緒に頼む」

「分かればよいのじゃ」

顔は見えないけどたぶんにへえと口元を緩めているのだろう。ひょっとしたら涎《よだれ》を垂らしているのかもしれない。

そして、彼女は俺の背中に頬《ほお》をすりつけている。

ま、まさか。俺の背中に感じるこの湿り気は……。

お、丁度いい感じに建築現場が見えてきたぞ。

「よっし、そろそろ到着だ」

体を揺すって彼女を振りほどき、前を指し示す。

「お、落ちたらどうするのじゃあ！」

「落ちるわけないって分かっているし」

「ぬううう。もし落ちたら、ちゃんと拾ってくれるのかの……？」

「多分そうなったら、セコイアが俺の首根っこを掴《つか》んで俺も一緒に落ちてると思う」

「ぬううう！」

なんて憎まれ口を叩き合いながら、馬の速度を緩める俺であった。

◇◇◇

こいつは驚いた。

二日ぶりにちゃんとこの辺りを見たのだが、急ピッチで作業が進んでいる。

ここ中央大広場予定地は雑草が全《すべ》て抜かれ、範囲を示す白線がぐるりと引かれていた。

広場から延びる予定の大通りになる場所も五百メートルほどは草が引き抜かれ同じく白線がずーっと延びている。

ルビコン川を北とすると、南東方向に木材が積み上げられ多くの人が汗水垂らしせっせと家の建築を進めていた。

木材だけじゃない。

粘土で作った窯も数個あって、次から次へとレンガを焼いている様子が窺《うかが》える。

同じくモルタルも大きな樽《たる》の中に入れ、並べられていた。

「柱を立て始めているってことは、木材の乾燥も進んでるってことかな」

下馬しつつ、一人呟《つぶや》く。

一方でひょいっと馬から高く飛び上がったセコイアが、

「うお」

俺に肩車されるような形で着地しやがった。

「そうじゃの。建築資材は増産中。家屋も建築が進んでおるな」

「だいたい予想通りってところか。あと二日くらいで家が完成し始めるだろう」

「うむ。二日もあれば三十以上の家が建つ。領民全員分となると、七日から十日かのお。全てを住宅建築に回しておるわけじゃないからの」

いい加減俺の肩から降りてくれないかな。セコイアは小柄な小学校高学年くらいの体格だから重たいわけじゃあないけどね。

休日のお父さんみたいな姿を誰かに見られたら気恥ずかしい。

う、噂《うわさ》をすれば。

うきうきと尻尾《しっぽ》を振りながら肩に自分の身長ほどの木札を担ぐアルルと、彼女と並んで歩くエリーの姿が。

「ヨシュア様ー！」

ですよねえ。すぐに気が付きますよねええ。

アルルが元気よく俺の名を呼び、満面の笑顔でこちらに手を振っている。エリーも俺に向け会釈をする。

もちろん、二人は俺の元へてくてくとやってくる。

「二人とも、その木札は？」

「仮ですが、場所を示す札になります」

「交代に、です」

んんと。場所を示す札を交代で運んで設置していたってことかな。

木札は先が杭《くい》になっていて、反対側に四角い看板が取り付けられていた。

看板には「中央大広場」と記載されている。

「名札なのかな」

「はい。名札のものと、矢印のものの二種類ございます」

「そいつは分かりやすい。立札があるとどこに何を作るのか分かりやすいし、建築後も街の指標になる。ありがとうな」

「いえ。領民の方が作って下さったのです。私とアルルはお手伝いしているに過ぎません」

「ううん。領民と話し合って進めてくれているじゃないか。そこが一番大切だよ」

この感じだと領民とのコミュニケーションも良好のようだな。

二人のことを心配はしていなかったけど、こうして彼女らから直接聞くとより安心できる。

うんうんと二人のことを微笑《ほほえ》ましく眺めていたら、アルルがこてんと首を傾けた。

「ヨシュア様。セコイアは子供じゃないって。でも、ヨシュア様の？」

「待て待てぇえ」

セコイアはまだ喋っていないし、このまま何事もなかったかのように振舞っていればスルーできると思っていたのだが甘かった。

相手はアルル。ちゃんと説明しないと彼女が混乱したままになってしまう。

「いいかアルル。セコイアは幼くはない。肩車で遊んでいるけど、大人だってたまに童心に返りたいことがあるだろ。それだ」

「うん？」

「もう一つ。俺は独身だし自分の子供もいない。婚約者もいなければ、彼女もいない。よいな」

「はい！」

うむ。素直でよろしい。

いつものようにピシッと右腕をあげてくれないのが残念だ。木札を担いでいるから仕方ない。

アルルの返事は声こそ元気いっぱいだったけど、口をすぼめてちょっと羨《うらや》ましいなという視線をセコイアに向けていた。

「アルルも肩車して欲しいの？」

「ア、アルルは子供じゃないから。我慢！」

いや、もう全力で肩車して欲しい感が出てるじゃないか。

猫耳がぴくぴくしているし、尻尾もパタパタだぞ。

「仕方ないのお」

察したセコイアが華麗に地面に着地し、アルルの肩へ手を……届かない。

「ダメ。わたしはヨシュア様の。メイド」

ぶるぶると首を振って欲望に耐えているらしいアルル。

そうか、メイドが主人に肩車してもらうってのは確かに、職務上おかしな話だ。

でも、そんなことどうでもいいではないか。主人たる俺がよいと言えばよいのだよ。ふふん。

「いいよ。メイドとかそんなもの関係ない」

「う、うん！」

膝《ひざ》を曲げて首を下げようとする前に、木札を地面に置いたアルルがその場で飛び上がり先ほどのセコイアと同じように俺の肩にお尻《しり》をつけ太ももを前に回す。

すげえ身軽だな。アルルもセコイアも……。

「重くない？　ヨシュア様」

「おう。軽過ぎてビックリしているんだけど。ちゃんと食べているか？」

「この娘は猫族じゃからの。人の子よりは遥《はる》かに軽い」

「そんなもんか」

セコイアの補足に「なるほど」と納得する。

猫族は猫科の動物を彷彿《ほうふつ》させるようにしなやかで身軽だ。柔軟な体躯《たいく》は特に修行しなくても、両足を開いてペタンとお腹《なか》が地面につくほどなんだよな。

羨ましい。

俺？　いやもう前屈は苦手でなあ。は、はは。

体が固くて敵《かな》わん。柔軟に力を入れないと、とは思っているんだけどなかなかめんどくさくて。

あ、しまった。

肩車を提案する前に了解をとるべきだったな。

そう、アルルの隣にはメイド然としたエリーがいたのだ！

彼女は自らの職務に対してルンベルクと同様にとても厳しい。彼女の前で俺自らアルルにハメを外すように提案してしまったんだもの。

そうだよな。そら、うつむいてプルプルと肩を震わせてしまうよ。

俺の手前、怒れないのが分かり申し訳ない気持ちになってしまう。

ええい。ここはそうだな。

誤魔化《ごまか》す。これしかない。

「エリー」

「はい」

「エリーも肩車する？」

エリーに尋ねながら、アルルが俺の肩からひょいっと飛び降りる。

「わ、わ、私がよ、よしちゅあ様の」

あ、噛《か》んだ。

真っ赤《まっか》になっちゃった……。

誤魔化すなら同罪にしてしまえと思ったのが裏目に出てしまったかもしれん。

「ほら、たまにはエリーもハメを外して」

「け、けけけ、結構ですうう！　トーレ様に会いに行かねばなりません。アルル。あなたは立札を設置したらヨシュア様を例の場所まで案内して下さい」

エリーはぴゅううっと逃げるように走って行ってしまった。

「あ、エリー」

声をかけるも遅かった。

すでに俺の声が届く位置にエリーはいない。

「照れてる。だけです」

「そ、そんな風には見えなかったけどなあ……」

アルルはくりくりの目を片方閉じて、唇を尖《とが》らせおどけてみせる。

ルンベルクほどじゃないけど、真面目《まじめ》過ぎるところがあるエリーだものな。

悪ふざけが過ぎた。あとでフォローしなきゃ。

「ヨシュア様。案内します」

唐突にアルルがボソボソと言ったものだから、一瞬何のことか分からなくなった。

「……エリーが申し付けたことだな。何か見せたいものがあるのかな？」

「はい！」

くるりと踵《きびす》を返したアルルは、ご機嫌に尻尾をフリフリさせながらスキップを踏む。

数歩進んだところで彼女がピタリと止まって、顔だけをこちらに向ける。

「ヨシュア様?」

「ちゃんとついてきているから大丈夫だぞ」

「はい!」

あ、木札はいいのかな。

置きっぱなしだけど。

「立てておけばいいのじゃろ?」

そう言ってセコイアが足でちょいと木札を蹴《け》る。

ひゅるるーと木札が回転しながら数十メートル上空に飛び、すとんと地面に突き刺さった。

「ほれ、子猫《アルル》が待っておるぞ。はよ」

「お、おう」

ぐいっと顎《あご》でアルルの方を指すセコイアのビスクドールのような愛らしい顔に背筋がぞっとする。

軽く蹴られただけでも俺は潰《つぶ》れたトマトのようになるんじゃねえの……。

暴力は絶対反対しなければ。軽い突っ込みのつもりでもアバラが折れそうだ。

「何を青い顔しておるんじゃ。ボクもわきまえくらいある。力の入れようは場合によりけりじゃ」

「そ、そうしてくれ」

読まれてた!

まあ、ここはセコイアを信じて今まで通りにするとしようか。

アルルが案内してくれた場所は住宅建築地の真っただ中だった。

「辺境伯様がお見えになったぞおお！」

「ヨシュア様ー！」

な、何だこの人だかり。

大工作業を担っていた人たちが集まってきて、あれよあれよという間に取り囲まれてしまった。

集まった人たちが大歓声をあげるものだから、動くに動けないな。

しかし、すぐに自然と花道ができてアルルが先導しさらに奥に進む。

人だかりの後ろには家が一軒建っていた！

真っ白の壁に赤いレンガの屋根がある二階建ての一戸建てだ。

壁の四隅をレンガであしらっていて、南欧風のシンプルだけどレンガの赤が可愛《かわい》らしくも見える堂々たる家だな。

これなら、快適に暮らしていくことができそうだ。

「ヨシュア様、初めてお目にかかります。ポールと申します」

布の鉢巻を締めた三十代半ばほどの男が、深々と頭を下げた。

日焼けした小麦色の肌に太い二の腕。彼がこの家の施主かな？

「ポール、君がこれを？」

「私だけじゃありませんが。大工を代表して私がヨシュア様にお声がけを」

「素晴らしい家だと思う。これと同じような家をズラッと建築する予定なのかな？」

「はい。ヨシュア様のお眼鏡に適《かな》えば、こちらのものでと思っておりました」

「俺はこれで必要十分だと思う。むしろ、これほど立派な家なら安泰だとも」

「恐縮です。内装はまだなのですが、そちらについてはそれぞれ住む者の意見を取り入れようと」

「了解だ。連日大変な仕事が続くが、今しばらく頼むぞ」

そうか。わざわざ俺に家のサンプルを見せてくれたってわけか。

俺の確認なんて取らずともよかったのに。

でも、その気遣いを嬉《うれ》しく思う。

ポールに向け、右手を差し出すと彼は自分の手を自分の服で拭《ぬぐ》ってからおずおずと差し出す。

自分から俺の手を握るのは抵抗があるのかな？

案ずるな。俺は身分など全く気にしない。もちろん、カンパーランド辺境国では身分制を敷かない予定だ。

「手が汚れていることを気にしていたのか？　いい手じゃないか。泥で汚れているのは勲章だ」

「ヨシュア様！」

彼の手を両手で握り、微笑みかける。

対するコワモテの男の顔から一筋の涙が流れ落ちた。

そして、どよどよとする集まったみなさん。

や、ヤバい。距離感を誤ったか？

「辺境伯様！　やはり俺たちの辺境伯様は偉大だ！」

「一生ついていきます！」

万雷の拍手が鳴り響く。

「じゅ、準備した建材をうまく活《い》かしてくれてありがとう。これからも頼む」

アルルの手を引っ張り、この場から脱出する俺なのであった。

セコイア？　勝手についてくるだろ。たぶん。

◇◇◇

パカラパカラ。

馬が軽快な足音を立て走る。

パカラパカラ。

モデルハウスの見学が終わった後、いよいよ雷獣とその周辺地域の生態調査に向かったわけなのだが……。

「だあああ。後ろに乗れ」

「嫌じゃ。また置いていかれたら困るのじゃ」

「こらああ。目を塞《ふさ》ぐな！」

「懲りたらボクを置いていかぬようすることじゃ」

「分かった。分かったから、手を放せ」

「分かれば良い」

やっとセコイアの両手が俺の目から離れる。

ふうう。それでもまだセコイアは俺に肩車されている状態だけどな。

生態調査には事前の約束通り、セコイアと二人で向かっている。

だけど、テストハウスの見学の際、勝手についてくるだろうと思われたセコイアは家の内装が気になっていたらしく、勝手にその場から離れていたのだ。

それで、俺が彼女を放置して戻ったものだから。

後から再びセコイアを回収しに行くはめになったたってわけだ。

そして今に至る。

「セコイア。森の中って馬でも行けるのかなあ」

「ヨシュアの場合は鍛冶《かじ》場で馬を置いて徒歩の方がよいかの」

真面目《まじめ》な話になると、彼女も途端に普通に戻る。

この辺はやりやすくて助かるよ。

「分かった。パイナップルの群生地を目指そうか」

「うむ。場所は任せよ。一度ボクも森に入っているからの」

「ありがとう。バルトロから聞いたんだけど、よく分からなくてな」

「同じような景色《けしき》が続いておるからのお。素人《しろうと》では仕方あるまい」

「頼んだ」

「任されたぞ」

ハイタッチをしようとしたが、ダメだこの体勢……。

はよ、鍛冶場まで行こう。馬から降りたらさすがに肩車はもうないだろうから。

心の中でそう固く誓う俺の想《おも》いなどをよそに、セコイアが真面目な声で尋ねてくる。

姿勢はそのまんまだけどな……。

「目的は雷獣の食べ物を探すだったかの？」

「いや、まず最初にすることは雷に平気な何かを見つけることだ。パイナップル群生地に雷獣が何度も訪れているはずだから、耐電物質は必ずあるはず」

「ほう？　そいつをどうするのじゃ？」

「直接的な目的は俺とセコイアの体の保護に使う。その後も利用価値があるから、できれば繊維質のものがいいなあ。塗布タイプでもいいか」

「何やら思惑があるのじゃな。楽しみにしておくぞ」

ふんふんとご機嫌に鼻歌まで歌い始めるセコイア。

科学話に繋《つな》がると思っているのかな？　その通りだ。絶縁体はとっても大事なんだぞ。

◇◇◇

「ほれ、オオガエルがいたぞ。キミが好きな生き物じゃろう?」

「ぜえはあ……」

森を進むこと一時間と少しくらいだろうか。

草木生い茂る原生林を歩くことは、予想以上に疲労が溜《た》まる。

油断すると落ち葉にすべって転びそうになるし、ぬかるんだ泥で足を引っかけるしで散々だ。

俺の手を嬉しそうに引っ張る野生児は元気そのものだけどな……。

ゲーコゲーコ。

疲れているってのに、全長一メートルほどもある巨大なアマガエルみたいなのが、気の抜ける声で鳴く。

こんな鳴き声を聞くと余計に疲れてしまうだろ。

「ほれ、カエルじゃぞ」

「み、見りゃ分かるって……」

「喰《く》うか?」

「そういや昼も食べずに来たんだっけか」

ぐるるるる。

うーん。なかなか男前な腹の虫だな。うん。俺じゃないぞ。俺は疲労感の方が空腹より強いからな。

うわあ、ロリ狐さんが恨めしそうな目で俺を睨《にら》んでいるぞお。

バシュン。

セコイアが右手を振るうと、見えない風の刃《やいば》で哀れなオオガエルは真っ二つになってしまった。

「それ食べるの？」

「キミが喰うと言ったではないか」

「そ、そうだな」

「うむ」

セコイアの必死の形相に頷《うなず》くしかない俺である。食べるなんて一言も言っていないんだけど、こうなったら仕方ないのだ。

でも、丁度いい。食事となれば、休息できるからな。

おいらもう体力の限界だよ。

くたあ、とその場で崩れ落ちるように腰を降ろしあぐらをかく。

するとそこへ、オオガエルを可愛らしい小さな手で掴《つか》んでずーりずりと引っ張ってきたセコイアが俺の膝《ひざ》の上に座る。

「火の精霊よ」

「あ、待て。セコイア」

止めるのが遅かった。セコイアの火の魔法により、オオガエルはこんがりと焼けてしまった。せっかくのカエルだから、表皮がゴムのように使えるのかどうか確かめたかったのに。

「焼けたぞ。ほれ、好物なんじゃろ」

「いろいろ勘違いしてるけど、まあいいや。俺も腹が減ったし」

それにしてもカエルかあ。フランスではカエルの脚を食べるとか聞く。ささみに似て美味《おい》しいとかなんとか。

た、試してみるか。

ってえ。もうすでに野生児がカエルの脚に齧《かじ》りついているじゃないか。それじゃあ俺も。

「うむ。はふはふ」

「ほう。ほうほう。こいつは」

カエルの脚はなかなかに美味だった。ちと熱かったけど、それがまたいい。

「これなら」

「そいつは、岩塩か。よこすのじゃ」

「こら、落ち着け。セコイアの分にも削って振りかけるから」

「うむ。はふはふ」

「おお、うめええ」

塩を振ったカエルはより美味しくいただけたのだった。

◇◇◇

さて、ようやく現場に到着したぞ。

なるほど。一面のパイナップル畑みたいになっているなこの場所は。

茂みの隙間《すきま》からパイナップルの群生地を覗《のぞ》き込み、ほうと息を吐く。

「どうだ？」

「気配はないのお。パイナップルはキラープラントが好むのじゃったか？」

「うん。バルトロの報告によるとパイナップルをもっしゃもっしゃとキラープラントが捕食するそうだ」

「ふむ。そのキラープラントを雷獣が食べにきたというわけじゃな」

「うん。だから、この地には確実に『雷の被害』があったはず」

キラープラントも雷獣もいない。好都合だ。

本日の目的は雷獣そのものじゃあないからな。

カサカサと茂みから出ようとしたら、むぎゅうと背中にセコイアが乗っかってくる。

「念のためじゃ。風よ。我が身とこの者を護《まも》り給え」

セコイアの願いに応じ魔法が発動する。

だけど、ウオンとした風の音が耳に届くも、見た目上何も変化がない。

「安心せよ。ちゃんと護られておるわい。ただし、一撃だけじゃ」

「分かった。ありがとう」

改めて茂みから頭を出し、そろりそろりとパイナップルの群生地に足を踏み入れる。

雷にうたれたのなら焼けているはず。その周辺で無事なものを探すんだ。

できれば植物の中にあればいいんだけど……。

むんず。

またしても今度は脇腹《わきばら》をセコイアに掴まれた。

「念には念をじゃ。ボクにおぶさるか手を繋ぐかどっちがいい？」

「手で……」

右手を差し出すと、がしっと手を握りしめるセコイア。

頬ずりまでは必要なくないか？

むちゅうう。

手の甲にちゅーまでされてしまった。

じとーっとセコイアを見つめたら、彼女は動じた様子もなく言葉を返す。

「印をつけたのじゃ。キミはなかなかにどんくさいからのお。滑って穴にハマったりなんてこともないとは言い切れぬからの」

「うん。それは十分に有り得る」

すまん。セコイア。

何してんだこいつとか思ったことを心の中で謝罪する。

「それじゃあ行こう」

「うむ」

今度こそ俺とセコイアはパイナップルの群生地に降り立つのだった。

ぐるりと周囲を見渡すと、イチゴのような果実が地面に転がっていることに気が付く。

「あれは触れても大丈夫かな？」

「問題なかろう」

緑の中に一粒だけ鮮やかな赤色だからとても目立つ。

何かの罠《わな》であっても不思議じゃあない。

だけど、セコイアセンサーに引っかからなかったってことは安全なただの果実ってことだ。

木苺《きいちご》かな。

念のため軍手に似た手袋をはめ、果実を手に取り「植物鑑定」を発動。

「キラープラントの果実なんだって。木苺と似たような味をしているとある」

「ふむ。雷獣が食い散らかした残骸《ざんがい》かの」

「なるほど。キラープラントはこの実で動物を集め捕食するんだそうだ」

「ほう。キミのギフトは『植物鑑定』じゃったよな。モンスターであっても鑑定できるのかの？」

「植物型モンスターだったからかもしれない。なんとキラープラントの栽培方法まで分かったぞ」

「育ててみるかの？」

「いや、人を襲う植物なんて育てたくないよ」

鑑定によると、この実の持ち主は種族名ツリーピングバイン（蔓型《つる》）といって、キラープラントの一種なのだそうだ。

体が全《すべ》て緑色の蔓でできていた。蔓が巻き付いて木の幹状のものを形作りぶらーんと色鮮やかな赤い果実をつける。

射程距離に入った動物に対し、鞭《むち》のようにしならせた蔓をぶつけ自分の体に取り込む。成長すると高さが七メートルくらいまでになるんだってさ。人間サイズの動物にでも余裕で襲い掛かる危険なモンスターだ。

せっかくだからこの果実は一応持って帰るとしよう。

「この辺は焦げてるな」

「うむ。キラープラントを襲う時にビリビリしたんじゃろ」

「だな。ん、この低木、表皮は黒くなっているけど、焼けていないな。中心地に近いだろうに」

「言われてみると確かにそうじゃの。それを言うなら、これはどうじゃ？」

セコイアが示したのは蜘蛛《くも》の巣《す》。新しく蜘蛛が巣を張ったのかもしれないけど、俺の注目した木の枝に張り巡らされた糸は焦げていないように見受けられる。

「蜘蛛の巣は回収していこう。低木の方はすぐに鑑定する」

低木に指先を当て「植物鑑定」を発動。

ほう。こいつは。

「どうじゃ？」

「これはきたかもしれん」

にやあと似合わない笑みを浮かべる。

「その木の枝が、それほどのものなのかのお？」

「そうだとも！　木質の繊維、樹脂共によい絶縁体になる！」

「そも、『絶縁体』とは何を意味する？　雷耐性のことかの？　それだったら魔法でも、ある種の魔法金属、魔法繊維でも可能じゃ」

「そ、そうなのか」

「じゃが、雷耐性物質は貴重なものを使っておる。特に魔法繊維を紡ぐには高位の魔法的技術が必要だの」

「へ、へえ」

あったのかよ。絶縁体繊維。

だが、「存在する」だけではダメだ。生産が困難で材質も貴重とくればここぞというところでしか使えない。

そもそも、オラクルで生産できなきゃ「ない」のと同じだ。

「ほれ、自分だけボクから聞きたいところを聞いて満足しとらんと、絶縁体について説明せよ」

「お、すまんすまん。絶縁体と雷耐性の意味合いは恐らく異なる。雷耐性ってのについては後から教えてくれ」

「うむ」

「雷、稲妻のようなビリビリくるもののことを俺は『電気』と呼んでいる。絶縁体はこの電気を遮断することができる物質を示す」

絶縁体は大雑把に電気的なものと熱的なものがあるんだけど、ややこしくなるから電気的な絶縁体のことだけを説明することにした。

「ふむ。耐えるのではなく、遮断するのじゃな」

「うん。実はもうオラクルで手に入るものの中に絶縁体物質はある」

「ほう?」

「ガラスだ。ガラスはよい絶縁体になる」

「何じゃと。じゃが、ガラスで防具は難しいのお」

「うん。ガラスをそのまま使うんじゃあ、いくらガラムとトーレでも無理だ」

「確かにのお。ガラスはすぐ割れるからの」

ガラス繊維を製造できればベストなんだが、どうやって作ればいいのか分からない。

もう一つ、よい絶縁体であり、日本での生活に欠かせない物質がある。

絶縁テープの材料にも使われることがあるその物質の名は――。

「塩化ビニール」

「何者じゃそれは?　魔獣かの?」

「あ、すまない。独り言が出てたな。残念ながら、今の技術じゃあ作れない物質だ」

「熟練の二人の腕をもってしてもか？」

「うん。熟練の問題じゃないんだ。作り方が分からん」

塩化ビニールのような合成樹脂は俺に科学知識がないからどう作ればいいのか皆目見当がつかない。

石油から製造するんだっけ？

「作れない物質の妄想はこれくらいで。この低木『スツーカ』の繊維と樹脂は絶縁体として適している」

「電気を遮断するのじゃったな」

「うん。スツーカの繊維を溶かし固めることで紙にもできるという優れものだ」

紙も絶縁体と聞いたことがある。どれほどの効果があるのかは不明。

暇ができたら試してみてもいいかも？

くだらないことを考えている俺と異なり、セコイアは可愛《かわい》らしい顔に眉間《みけん》を寄せ真剣そのもの。

彼女の頭の中では高速で思考が回転しているのだろう。

「なるほどの。樹脂であれば防具に塗布すればよいからの。こんな木で雷耐性が獲得できるとは……」

「注意して欲しい。雷耐性とは違う。あくまで『電気』を通さないだけだ。『熱』に当てられたらすぐ燃える」

「……よく分からなくなったのじゃが？　雷耐性は雷に関する魔法、自然現象全てに対する加護があるものを示す」

「んー。純粋な電気なら防御可能。だけど、雷ブレス？　ってあるのか分からないけど、熱と雷のセットだとアウトだ」

「雷獣がどちらなのか見極めよということじゃな。それがボクの任務じゃと」

「俺もしっかり見るから。これで俺たちが感電せずに済みそうだ。なら、もう一つ必要なものがある。こっちはガルムに頼まないとだな」

「うむ。今は話半分に聞いておくだけにするかの」

「んじゃま、モンスターが来ないうちに回収しようか」

ナタを握り、低木を根元から伐《き》り離す。

続いて持ち運びやすいように枝を落としてっと。

紐《ひも》で枝やらを全てひとまとめにして、持ち手をつけリュックのように荷物を背負う。

「よっし」

「まだまだ低木……スツーカ？　はあるが、持っては行かないのかの？」

「持てないから！　一本で精一杯だよ」

「軟弱じゃのお」

やれやれと両手を開き肩を竦《すく》めるセコイア。

むきー。そこまで言うならセコイアが持てよと喉《のど》まで出かかったが、彼女は手ぶらじゃなきゃいけないと思いなおす。

いつ何時、危険なモンスターが襲って来ないとも限らないからな。

彼女はそのために俺に付き添ってくれている。

「よし、撤収撤収。雷獣に出会わなくてよかったよかった」

「今日のところは、じゃな。もし遭遇していたとしても、ボクが何とかできる。そのために来たのじゃからな」

「うん。頼りにしているよ。ところで、セコイア」

「うむ？」

「迂遠《うえん》な手だと思うだろ？　セコイアならこんな準備は必要ないとも思ったんだけど」

「いや。キミの首から上は何者にも追随を許さぬ大賢者じゃ。しかし、その肉体は初心者冒険者はおろか、一般人にも及ばない」

「どうせ貧弱だよ！」

「何を言うか。キミの脆弱《ぜいじゃく》さはむしろキミを良くしておる。脆弱なキミであっても、雷獣と相まみえる装備を作製できるとなれば、大ごとじゃぞ？」

「そ、そうね……」

電気をビリビリ発するデンキナマズみたいな生物を相手に丸腰なんて無謀に過ぎる。

セコイアなら護《まも》ってくれるかもしれないけど、彼女だって俺ばかりに世話を焼くわけにゃあいかない。もし彼女とはぐれでもしたらどうする？

雷獣は草食で、むやみやたらに人を襲わないと聞く。だけど、雷獣に似た凶暴なモンスターがいたとしたら？

領民を護るためにも備えを模索しておくことは無駄じゃあない。

絶縁体の準備はできた。

お次はガラムに頼まないとな。

◇◇◇

鍛冶場《かじ》――。

「ふむ。避雷針か考えたのお」

「俺が電撃を喰《く》らったら一発であの世行きだからな」

鍛冶場に戻るなり、「長い鉄の棒」を作ってくれとガルムに頼んだら、彼は一発で俺の意図を見抜いた。

この世界でも嵐《あらし》の雷対策として避雷針という考え方はある。公都ローゼンハイムにも設置しているしさ。

だけど、ガルムはしかめっ面のまま苦言を呈する。

「しっかし、鉄の棒は分かるが、銅の糸を巻き付けろとは、またけったいなものを頼むもんじゃな」

「複雑にしてしまってすまんな」

「いや、これくらい複雑なうちにも入らんわ。何か面白いことを考えておるのじゃろ?」

「まあ、ね。うまくいったら説明するよ」

「ほう。そいつは楽しみにしておくぞ。ヨシュアの」

「ほかの手を止めなくていいから。鉄の棒は後回しでよいぞ」

「ほかの手? そんなものすでに終わっておるわ。ガハハハハ!」

早過ぎるだろ!

もう鉄製の水車の軸を完成させたってのかよ。

乾いた笑い声をあげながら、ガルムの作業を見守る俺なのであった。

「明日の昼前に取りに来るがよい」

「え? そんなにすぐ完成するの?」

「朝でもよいぞ。お主の手が空いとるのならな」

「お、おう」

マジかよ。銅線作りも入っているんだけど、ま、まあ、彼ができると言うのならできるのだろう。

よろめく俺の腰を肩でつっつくセコイアがにまーっと笑みを浮かべる。

「トーレにも頼まんとじゃの」

「だな。トーレには樹脂の塗布をお願いしなきゃ」

「うむ。すぐに向かおうぞ」

「分かった。ガルム。ありがとう。明日また来る」

手を振り、鍛冶場を後にした。

避雷針で雷そのものを回避し、余波がきた場合に備え絶縁体で体を防御する。

これが俺が考えた雷獣と対峙《たいじ》する対策なんだ。

雷獣が襲ってこないにしても、興奮してビリビリされて、俺の体にビリビリが当たる……なんて事態にも絶縁体があれば心配ない。

◇◇◇

中央大広場（予定地）でトーレの弟子と出会うことができたので、彼に言伝《ことづて》をすると共に、持ち帰ったスツーカの木のうち半量を彼に手渡す。

これにて本日の予定は全《すべ》て完了だ。

セコイアと別れ、屋敷に帰るころには丁度夕焼け空だった。

うーむ。今日も何のかんのでよく働いた……社畜精神万歳……はあ。

食後にルンベルクがわざわざ新鮮なグアバジュースを用意してくれていた。

無下にお断りするわけにもいかず書斎で口を窄《すぼ》めながら飲んでいたところ、客が訪れたとエリーが連絡に来てくれる。

誰かと思えば、訪ねてきたのはトーレだという。

すぐに彼を通すようエリーに頼んだ。

——パタン。

扉が開き、大きなリュックを抱えたトーレが姿を現す。

「トーレ。何か不備があったか？　遅くなるまで仕事をさせてしまったようですまんな」

「いやいやいや。ヨシュア坊ちゃん。よくぞ某《それがし》にこれを任せて下さいました」

そう言ってトーレはリュックを床に降ろし、鼻息荒く喜色を浮かべる。

「まあ、落ち着け。トーレ。これでも飲むか？」

「それは丁重に丁重にお断りしますぞ」

そんなあからさまに眉間に皺《しわ》を寄せて鼻までつままなくてもいいじゃないか。

グアバジュースだって、慣れればなかなかいける……いや、まだ俺にも無理だ。酸っぱ過ぎる。

でも、これって。

いや今はトーレのことからだな。

「それでわざわざ訪ねてきてくれたってことは、スツーカの樹脂のことかな？」

「樹脂はすでに抽出済みですぞ」

「え？　樹脂の取り方を聞きに来たんだとばかり」

そういや伝えていなかったなあと思い出して、こいつはしまったとばかり。

それがなんだ。もうすでに完了しているとは……。

その証拠とばかりにトーレはリュックから一リットルくらい入りそうな瓶を出してきて床にコトンと置く。

瓶にはハチミツのようにドロッとした粘性のある液体が入っていた。色は薄い茶色。

「これを塗るだけで良いとは聞いておりますぞ。しかしです、しかしですぞ。重大なことを説明し忘れております」

「え、えっと。塗り方とか?」

「そこはお任せを。これでも某は革だろうが布だろうがはや四十年以上の経験があります。そこはよろしい。よろしいのです」

「もう少し落ち着こうか。近い、近いから」

喋《しゃべ》るほどにトーレの顔がにじり寄ってきて、彼の鼻息が俺の肩にかかるほどまでになってしまった。

なので、彼の肩をそっと掴《つか》み、元の位置に戻るように促す。

「最も重大な伝達が抜けておりますぞ。それは、『この樹脂が何か』です」

「お、おう。そいつは『絶縁体樹脂』だ。電気を遮断できる。感電対策にと思ってな」

「むむむ。絶縁体? 電気? 感電? むむむ。むむむ。聞いたことのない言葉ばかりですな!」

しまった!

鬼気迫るトーレに焦って現代知識用語をそのまんま使っちゃったぞ……。

「えー、なんだ。あれだよあれ。雷獣のビリビリ対策にと思って。俺、貧弱だからさ」

「絶縁体、電気、感電、雷獣……ですか。そうですかあああ! 興奮してまいりましたぞおお」

やっぱり誤魔化《ごまか》せませんよねええ。

仕方ない。

こうなったらとことん付き合うしかない。洗いざらい全部説明しよう。

セコイアとはベクトルが異なるけど、トーレもまた貪欲《どんよく》なんだ。

後々のことも考えると、彼にも理解しておいてもらった方が得策……なんだけど、説明の仕方を誤ると朝までコースになってしまう。

「分かったよ。ちゃんと説明するから。でも、その前に品物の話をしたいんだけど」

「お任せあれ。目的は全身を覆うことでよろしかったですかな？」

「うん。軽い方がいい」

「ならば、フード付きローブが丁度よいかと思いますぞ。何着準備するのです？」

「そうだな。三着は欲しい。できるか？」

「お任せあれ。できたらすぐに届けさせますぞ」

「ありがとう」

「ささ。ささ。どうぞお話し下され」

「あ、うん」

だから近いから。

再びトーレを元の位置に戻し、咳払《せきばら》いをしてから語り始める俺であった。

◇◇◇

――翌朝。

「ん、んんん」

ぐう。昨日《きのう》はあのまま寝てしまったのか。

トーレと熱く語り合って、それからいつの間にか意識が遠くなりってところまでは覚えている。

背中に当たる床の感触から、そのまま書斎で寝てしまったことが分かった。

だけど、後頭部は極上のクッション、それに毛布を掛けてもらっているみたいだな。

エリーかアルル辺りが俺を心配して用意してくれたのだろう。

パチリ。

目を開けた。

「お、おはよう」

「おはようございます。ヨシュア様」

「ま、また膝枕《ひざまくら》していてくれたのか」

「はい。ダメ？　でした？」

「いや。ずっと膝枕だと重いだろう」

「いえ。とても、嬉《うれ》しいです」

そう言って朗らかな笑顔を見せるアルルは俺の髪の毛を愛《いと》おしそうに撫《な》でる。

しっかし、彼女の膝《ひざ》の上から彼女の顎《あご》にかかる髪の毛を見ていると何だか気恥ずかしい。

アルルは猫族らしくスレンダーなので、ここから彼女の顔がよく見える。

俺の視線に気が付いた彼女は、顎を下に向けにいいっと子供っぽい笑顔を浮かべた。

「もうそろそろデレるのも終わりでいいかの？」

な、何だと。声に反応して、アルルの膝の上に頭を乗せたまま視線を動かす。

やっぱりセコイアかよ。

ものすっごくだるそうな顔をしたセコイアが手をパタパタして自分を扇《あお》いでいた。

「侵入者だー」

俺の棒読みのセリフに対し、彼女はますます呆《あき》れたようになってしまう。

「キミが起きるのが遅いから、出向いてやったのじゃろうて」

「起こしてくれてよかったのに」

「キミが疲れておるのだと思ってな。眠っておる時くらい静かに寝られるだけ寝かせてやりたいってのはボクだけじゃなく、皆の総意じゃ」

「そうだったのか。みんなに気を使ってもらってんだな……」

「キミは貧弱じゃからの。皆心配しておるよ。じゃが、キミの頭脳なくしてはことが進まぬからの。

さあ、しかと休んだかの？」

「おう。寝過ぎたくらいさ。筋肉痛はあるけど、まあ問題ない」

「まさか、ちょこっと歩き、アレを担いだだけで……」

「そうだよ！　ちくしょう」

くうう。これ見よがしに笑いやがって。

「アルルー。ロリがいじめるんだー」

ワザとらしく膝枕をされたままの姿勢でアルルの華奢《きゃしゃ》な体に抱き着く仕草をする。

仕草だけで本当に抱き着いたわけじゃあない。

それでも、ロリ狐には効果覿面《てきめん》だったようだ。彼女はこめかみをピクピク揺らし、狐耳から生えた毛が逆立っている。

「キミのところのハウスキーパーは何かの、キミの愛人じゃあないだろうな？」

「違うわ！」

「じゃあ、それは何じゃ。せっかくボクが膝枕してやろうというのに、メイドの仕事ですと譲らんかったぞ」

「そこは……アルルで」

「何じゃとおおお！」

だあああ。うるせええ。

からかい過ぎた。

そろそろおふざけは止《や》めて、少し遅くなったが本日の行動を開始するとしようか。

「アルル。バルトロに会いたい。もう出かけちゃったかな？」

「大丈夫。です。笛を吹けば。来ます」

犬かよ！

まあいい。笛を吹けば来るのなら、吹いてもらおうじゃないか。


アルルが大胆に左の指先で胸元を引っ張り、もう一方の手を首から服の中に突っ込む。

いくらぺったんこだとはいえ、せめて俺に背を向けてからにしようよ。

そんな俺の気も知りはしないアルルは、服の中から細長い犬笛のような銀色の笛を指先で挟み、にこやかに微笑《ほほえ》んだ。

彼女に対し「頼む」という意味を込めて頷《うなず》くと、彼女もコクリと首を縦に振り銀色の笛を口に咥《くわ》える。


――キィイキイィイイ。

ぐ、ぐうう。何だこの音。笛の音じゃねえだろこれええ。

黒板を爪で引っ掻《ひか》いたような生理的嫌悪を催す。

「六十を十回数える。までに。来ます」

「お、おう」

「お待ちの間に。一つ。お聞きしていいですか？」

「俺に分かることなら」

了承した俺に対し、アルルはスカートの両端をちょこんと掴み辞儀をする。

「わたし。メイドでなくても。ヨシュア様と一緒なら。愛人？　でも」

「ちょ、待て。愛人って意味が何か分かっているのか？」

「ううん？」

「……エロロリの言葉なんて忘れてしまってくれ。アルルは今のまま、メイドとして俺を支えて欲しい」

「はい！」

元気よく返事をしたアルルに向け、満足気に頷きを返す。

さてと。

「セコイアー」

「な、何じゃ。ボクは何もしておらんぞ」

いひひひと暗い笑みを浮かべ、セコイアににじり寄る。

たじろぐ彼女をガバッと抱きしめた。

「ほおれえ」

「こ、こんな明るいうちから。でも、構わんぞ、はあはあ」

「……と見せかけて」

「こらああ！」

セコイアを安心させたところで、両手の握り拳《こぶし》を彼女のこめかみに当てぐーりぐりと。

「本当に筋力がないのじゃな……」

「加減しているからな。ふふん」

「痛みはないのじゃが、子供を叱《しか》るような態度が気に食わん」

「懲りたら、アルルに変なことを吹き込むんじゃねえぞ」

「むうう。善処しよう。アルルの前では言葉遣いに気を付けよということじゃな」

「そそ。素直なのはよいことだ」

拳を放し、今度は彼女のサラサラの長い髪を撫でる。

びくりと肩を震わせ強張《こわば》る彼女だったが、すぐに体から力が抜け気持ちよさそうに目を細めた。

「約束だからな。ちゃんとお願いも聞いてくれると言ってくれたし」

「もっと撫でてもよいぞ」

「いや、そろそろ終わりだ。『見えた』からな?」

「むう。仕方あるまい。そちらはそちらで楽しみじゃからの」

見えたのは窓の外。バルトロの姿だ。

彼の速度ならほら、もう。

コンコン――。

扉を叩《たた》く音が響く。

「ヨシュア様。バルトロだ」

「急に呼んですまなかったな。入ってくれ」

ガチャリと扉が開く。

顔を見せたバルトロが右手の人差し指と中指をくっつけ、頭の辺りで「よお」とばかりに左右に振る。

「いや、ちょうど暇を持て余していたところだったんだ。仕事なら何でも受けるぜ」

バルトロには街の護衛を統括してもらっていた。

なので、彼が暇なのはとても良いことなのだ。

「街の様子はどうだ？」

「昨日《きのう》、今日といざこざの件数はゼロだ。どいつもみなヨシュア様の下一丸となっているって感じだぜ」

「お、おう。喧嘩《けんか》がなしとはすばらしいことじゃないか。外敵はどうだ？」

「なしだな。イノシシの一頭でも紛れ込んできてくれりゃあ、喜んで狩りに行くんだがなあ」

残念そうに指をパチリと鳴らすバルトロ。

無精ひげにシャツがはだけたラフな格好も相まって、彼にはこういった仕草がとても似合う。

「手が空いているのなら、少しの間、俺の散歩に付き合って欲しいと思ってるんだがどうだ？」

「おお！　行く行く。是非行かせてくれ。とても楽しそうじゃねえか」

「わたしも……行きたい」

いやっほーと右腕を振り上げるバルトロの服の袖《そで》を背伸びして引っ張るアルル。

アルルも連れていくことはやぶさかじゃあないんだけど、彼女もとなると街に残る人がエリーだけになってしまう。

彼女一人だと何か不測の事態が起こった時に対処に困るだろう。

二人いれば、一人がルンベルクに危急を伝えることもできるわけだ。

「ごめん、アルル。次はアルルを連れていくから。今回はエリーと一緒に街で仕事をしてもらえないか？」

「はい！」

アルルは右手をピシッとあげて返事をする。

右手だけじゃなく尻尾《しっぽ》もピシッとしているのが何だか可愛《かわい》い。

「バルトロ、あと一人一緒に来てくれる人を募ってもらえるか。警護はバルトロ抜きでこのまま継続。何か問題があった場合は『エリーかアルルに連絡を入れる』としてくれ」

「あいよ！　すぐに準備してくるぜ」

「あ、それと。念のために言っておく。エリーかアルルに連絡を入れる、といっても二人を前線に立たせるってわけじゃないからな。そこは腕っぷしの強い人に任せてくれ」

「腕っぷしねえ。エリーでいいんじゃねえか」

何か呟《つぶや》いたバルトロだったが、くぐもっていてハッキリと聞こえない。

アルルには聞こえていたようで、バルトロに向け青い顔をしてぶんぶんと首を振っていた。

「どうした？」

「いや、何でもねえ。な、アルル」

「う、うん。ダメ。絶対。お口にチャック」

「すまんすまん」

何やらアルルとバルトロが囁《ささや》き合っているが、重要なことなら俺に伝えてくるだろうからあえて聞く必要もないか。

「バルトロ。鍛冶《かじ》場前で待ち合わせで頼む。俺はトーレのところに寄ってからセコイアと鍛冶場に向かうから」

「了解だ」

バルトロとハイタッチし、彼を見送る。

「よっし、じゃあ俺たちも動くか。セコイア」

「だの。じゃが、一つ認識違いがあるのおん。」

セコイアの視線がアルルに。

アルルはにこっと口角をあげ、棚の上に畳んであった服を一着抱え、俺の前で広げてみせた。

「ローブか。もうトーレが届けていてくれていたんだな」

「はい」

フード付きのローブはボタンと紐《ひも》が付属していて、前を締めることによって全身をくまなく覆うことができるようになってる。

夜中まで俺と会話していたというのに、いつの間に作業をしたんだ？　トーレの奴《やつ》。

「全部で三着。あります」

「ありがとう。アルル」

「一人。足りません？」

コテンと首を傾けるアルルに向け、問題ないと親指を立てる。

「いや、セコイアは必要ないだろ？」

「うむ。要らぬな。風の加護があれば問題なかろう。雷は『逸《そ》らす』からの」

「さすが規格外。ははは」

「人を化け物みたいに扱うでない。これほど愛らしい者もなかなかいまいて」

「自分で言ってりゃ世話ないさ」

「こいつう」

なあんてふざけながら、部屋を出る俺とセコイアであった。

◇◇◇

——鍛冶場。

鍛冶場に到着してしばらくすると、バルトロがやってくる。

「ヨシュア様。腕っぷしのあるやつを連れてきたぜー。なんせヨシュア様の『散歩』だからなー」

意気揚々としたバルトロが連れてきたのは、巨体。壁のような巨体を誇る豹《ひょう》頭の獣人だった。

袖のない革鎧《よろい》に真っ黒のシャツを着ているが、筋骨隆々で肩の筋肉を「むううん」とかすると服が破けそうな雰囲気が漂っている。

身長はだいたい二メートル五十くらいかなあ。これだけ高いと見上げるだけで首が疲れてしまうほど。

全身がシャツと同じ黒い毛皮に覆われていて、丸太のように太い腕、首に精悍《せいかん》過ぎる豹頭ときたもんだ。

強面《こわもて》ってレベルじゃねえよ。

俺は日本人だったころから、小柄だった。転生したらイケメンで男らしくなれるのかと思いきや、残念、今世でも小柄だったのである。

じゃあ、鍛えて筋肉くらいつければいいじゃないと思うかもしれない。

だけど、激務続きで体を鍛える暇がなかった。ごめん、嘘《うそ》を言いました。

時間があったら、ぐでーっと寝そべってぼーっとしていると思う……。

根っからの自堕落な性格なのだ。俺は。

当たり前だが筋骨隆々の大男を前にして、び、びびってなんかいないもん。

「ヨシュア様。こいつはガルーガ。冒険者だったんだとよ」

「……知っているとは思うが、自己紹介をしておこう。俺はヨシュア。辺境伯をやらせてもらっている」

気合を入れて表面上は問題のない笑顔を作り、右手を差し出す。

しかし、豹頭の大男ガルーガは微動だにせず、はちきれんばかりの肩の筋肉がピクリと揺れた気がした。

「すまん。ヨシュア様。こいつ、柄にもなく緊張しているみたいでな」

バルトロはしっかりしろよとばかりにポンとガルーガの背中を叩く。

そ、そんな気さくにポンと刺激して大丈夫なのか？

ほらああ。

豹頭が両手を開いて吠《ほ》えるポーズをとってしまったじゃないか。

「バルト……」

「し、失礼し、した。まさかヨシュア殿と直接会話する機会を頂けるとは思ってもみなかったのだ」

バルトロに注意を促そうとした俺の声と被《かぶ》さるようにガルーガが彼に言葉を返す。

そして、彼は上にあげた両手を胸の前まで降ろし、手のひらと拳を打ち付けたのだ。

な、なんだ、お怒りじゃなかったのか。

次に彼は片膝《かたひざ》をつき、真《ま》っ直《す》ぐに俺を見上げてくる。

「ヨシュア様。オレはガルーガと申します。元冒険者のオレは礼儀を知らず、あなた様にどのようにご挨拶《あいさつ》をすればいいのか」

「ガルーガ。畏《かしこ》まる必要はない。バルトロと接するのと同じようにしてくれればいいんだ。形式や言葉遣いなんて、何になる？」

彼の大きな手を取り、もう一方の手を被せるようにしてギュッと握りしめた。

「ヨシュア様、オレなんぞにお手を」

「何言ってんだよ。これから一緒に散歩する仲間だろ？　繰り返しになるが、形式や言葉遣いを変えたからといって何が変わる？　俺はガルーガがどのような喋《しゃべ》り方をしたからといっても、君を見る目は変わらない。なぜならガルーガという本質は変わらないのだから」

「ヨ、ヨシュア様！」

獣のように咆哮《ほうこう》をあげるガルーガ。

彼の目からは大粒の涙が流れていた。

「な、こんな人なんだって。ヨシュア様は。だから気にすんなって言っただろ」

「そうだな。海よりも深く、そして、崇高な方だ」

「おうよ。俺たちのボスはなかなかなもんだろうが」

「その通りだ。神を知らぬ俺であるが、ヨシュア様こそ天がこの世に遣わしたお方に違いない」

聞いてない。

俺は聞いてないぞ。

なんかとんでもなく祭り上げられている気がするが、気のせいだ。

俺は散歩に二人を誘っただけ、それだけである。

「自己紹介は終わったかの。ボクはセコイア。こっちがガルム。よろしくのお」

鍛冶場の軒先ですったもんだしていたら、奥からセコイアがガルムを連れて顔を出す。

来るや否や、ガルムは俺へチラリと目をやった後、後ろを顎《あご》で指す。

「ヨシュアの。あれでよいのかのお？」

「お、もう微調整が済んだのか？」

「あれくらいならすぐじゃ」

どれどれ。

お、こんなもんかな。さすがガルム。よくできた避雷針だ。

「避雷針というものは鉄の棒がよいと聞いたが。それに先端を尖《とが》らせた方が良いとも聞く。それがどうじゃ？　これは」

「うん。一つ仕掛けを作ってみた。うまくいけば、楽しいことになるぞ」

ガルムに準備してもらった避雷針は、角材のような形をしている。

一辺が五～六センチほどで長さが二・五メートルってところかな。

まさに、黒い鉄の棒、そのまんまである。

しかし、ここに銅線をぐるぐると巻きつけてあるのが、今回準備した避雷針の特徴だ。

ふ、ふふふ。

「ヨシュア様。そいつを俺が運べばいいのかい？」

悦に入っていたら、バルトロが腰に片手を当て後ろから覗《のぞ》き込んでくる。

「さすがバルトロ。察しがよいな」

「へへ。こいつを担ぐために俺とガルーガの二人か。一人でもよかったんじゃねえか」

「一人だと交代で持てないじゃないか」

「別に構わねえが。俺もガルーガもこれくらいなら、平気だぜ。ヨシュア様なら、まあ、そう言うか。うん。任せろ。ちゃんと交代して体力を万全に保つからな」

「頼む」

いやいや、一人で持つとか言っておりますが、鉄の棒は結構な重さだぞ。

一辺が六センチ、長さが二・五メートルとして、九千立方センチメートル。鉄の比重が七・八だとするとだいたい七十キロだぞ！

一人で持つなんて無理だって。

いや、ここで俺がとやかく言っても仕方ない。木の棒のつもりでいるのかもしれないが、持てば分かるさ。

「バルトロ。まずはオレが持とう」

「お、やる気だな」

バルトロと軽く手を叩《たた》き合ったガルーガは、片手で鉄の棒を掴《つか》み上げる。

え、えええ。

さくっと肩に担いじゃったよ。

「ガルーガ」

「はい。ヨシュア様」

「その、なんだ。入口で鉄の棒を引っかけないように注意してくれよ」

「助言、ありがとうございます！」

白い牙《きば》を見せたガルーガは、足どり軽く鍛冶場の外に出て行ったのだった。

本当に一人で持って行っちゃったよ……。

「人には適材適所があるんじゃったか？　キミが自分で避雷針を持つと言っておったなら、ボクが持っていたところだ」

「へ？」

黄昏《たそがれ》ていたら、出し抜けにセコイアがそんなことをのたまいやがった。

こんな小さい女の子にあれが持てるわけないだろうに。

そうさ、俺は自分の体力が分かっていたからバルトロたちに手伝いを頼んだのだ。

賢明な判断だったと自分でも思う。

「キミは脆弱《ぜいじゃく》だからのお。あれほど細い鉄の棒さえ担げぬのだから」

「ぐうの音も出ねえよ。そもそも持ち上がらない自信がある」

「やれやれじゃ」

なんだよ、その嫌らしい顔は。

肩の竦《すく》め方がわざとらしいったらありゃしない。

「おっと、忘れるところだった。今回の『散歩』にはこいつが必要だったんだ」

鍛冶《かじ》場の軒先でバルトロとガルーガに感電対策を施したローブを手渡す。

受け取ったバルトロはさっそく折り畳んだローブを開き、んーと目を細める。

「こいつは旅装用のローブだな。どこかで野宿でもするのか？　いや、まさかヨシュア様を一日外に、はないか」

そうだな、うん。バルトロよ。君の想像は正しい。

誠に遺憾ながら、現時点で一日仕事を放り出して野宿なんてした日には、戻ったらとんでもない仕事量になってしまう。

「うん。日帰りのつもりだよ。そいつは稲妻に触れた時にビリビリしないようにするためだ」

「おお。マジか！　稲妻……散歩の行き先は雷獣か！　こいつは楽しみになってきたぜ」

「そそ。危険だからできる限りの対策はしておこうと思ってね。その鉄の棒——避雷針も対策の一つだ」

「こいつは見たことがある。公国にもあった雷を落とすための棒だろ」

「その通り。そいつを立てておけば稲妻がそこに落ちるという寸法だ」

「ははは。いいねえ。さすがヨシュア様。いつもいつも飽きさせねえ」

パチリと指を鳴らし、さも嬉《うれ》しそうにニヤリと男臭い笑みを浮かべるバルトロ。

危険な猛獣に会いに行くというのにそんな楽しそうな顔ができるなんて、ちょっと理解できない。

あれだあれ。テレビでも見たことがある。サバンナで猛獣に会いたいって人、あんな感じだ。

「必ず。護《まも》る。ヨシュア殿も幼子も」

一方でガルーガはローブをぎゅうっと握りしめ、意気込みを新たにしていた。

そこまで構えなくてもいいんだけど……何だか極端な二人だな。

ちょっと面白くなってきた。

「くすくすしおって、キミもなんだかんだで雷獣と戯《たわむ》れたいのじゃな」

「それは違う。できればお会いしたくない。だけど、実験は大事。うん」

「知識欲が恐怖に克《か》つか。良いぞ。さすがはボクの見込んだ伴侶《はんりょ》じゃ」

「仲間、な。親友でもいいけど」

「ほおおお。友垣か！　ふふふ。この分なら、番《つがい》に昇格するのも遠くないのお」

狐耳が何か言っているが、無視して進むことにした。

徒歩だから頑張って歩かないとなあ。

◇◇◇

はあはあ……。

ぐ、ぐうう。昨日《きのう》よりは耐えた。だが、そろそろもう足が限界だ。

途中で交代しろというのに後ろを歩くガルーガがずっと避雷針を持ったままだし、全くもう。

前を歩くバルトロと俺の横に並んでちょっかいをかけてくる野生児セコイアは全く息があがっていない。それどころか、まだ運動したりない様子。

「セコイア。ガルーガが重たい避雷針を持っているんだ。もう少し速度を落とそう」

「素直じゃないのお。んー」

のしいっとセコイアが横から俺に寄りかかってくる。

こ、こらあ。

膝が笑っているというのに、押したらいやーん。

「いやーんじゃねえよ！」

「何を一人で遊んでおるのじゃ」

「いや、だからガルーガがずっと避雷針を持っているからしてだな」

何だよ。その嫌らしいニヤニヤした顔は。

ワザとらしく肩まで竦めやがってえ。

俺の意見なんぞ聞いちゃいねえな、全くもう。

そうだよ。そもそもセコイアに言っても仕方ない。

顔だけを後ろに向け、避雷針を肩で軽々と担ぐ豹頭に声をかける。

「ガルーガ。ずっと持ち手を交代しないままで疲れたろう。少し休むか？」

「お心遣い痛み入る。だが、無用だ。ヨシュア殿」

「え、あ、うん」

「まだ歩き始めたばかり。ヨシュア殿が心配されるからとバルトロに聞いている。だから、ちゃんと交代のことは決めている。安心して欲しい」

「そ、そっか」

あれえ。お疲れじゃないの？

ぜえはあしていて後ろを確認する余裕もなかったが、改めてガルーガの様子を見てみると、まるで疲れた様子は感じ取れない。

喋っていても息があがっていないいしな……。

こいつは困った。ガルーガが疲れているから仕方ないなあ作戦が通用しねえ。

その時、天の声が前方から聞こえてきたのだ。

「ヨシュア様。そろそろ一息入れねえか？」

「バルトロ！　だな、うん。そうだな」

さすがだ、バルトロ。

うんうん。休んでおかないとな、うん。

決して俺の息があがっているとかじゃあない。備えあれば憂いなし。ふふ。

「俺の記憶が正しければ、もうちっと進んだらパイナップルの群生地だ」

「万全を期すために全員、水分補給をしておこう。場合によっては激しい運動をすることになるからな……」

パンパンと両手を叩き、真っ先に手頃な岩の上に座り込む。

そんな俺に対し、じとーっとした視線を向けるセコイア。

「な、何かな。ほら、座り給えよ。セコイアくん」

「……言うのも馬鹿らしくなってきたわ」

セコイアはちょこんと俺の膝《ひざ》の上に腰かける。

「まあまあ、嬢ちゃん。いいじゃねえか」

「そうじゃの。元より分かっていたことじゃ」

バルトロとセコイアがやれやれと顔を見合わせ、勝手なことを言って納得していた。

仕方ないじゃないか。疲れるものは疲れるのだ。

インドア派を舐《な》めるなよ。自慢じゃないが、一時間歩けば確実に動けなくなる。

どうだ。

……。虚《むな》しくなってきた。水を飲もう。


もう少し無理して歩けばよかったなあ。

俺たちは茂みの向こうにパイナップルの群生地があるところまで無事辿《たど》り着《つ》いた。

しかし、そこには期待した雷獣はいない。

なので、茂みのところで腰を降ろし様子を窺《うかが》っているというわけだ。

うん、冷静になって考えてみると当たり前のことだよな。昨日だって、パイナップルの群生地でスツーカの木を伐り倒していたけど雷獣の気配はなかった。

雷獣だっていつもいつもこの場所にいるわけがない。ここに巣があるのなら話は別だけど。

こんな時はじーっと待つ以外、俺たちにできることはない……のかな?

野生生物のことなら野性的な人に聞くのが一番だ。

「なんじゃ?　そのにやついた顔は?」

「いや、これが普通なんだけど。一つ聞きたい」

聞き耳を立てるかのように狐耳をぴくぴくと揺らしていたセコイアに向け指を一本立てる。

なのにセコイアは抗議するように頬《ほお》を膨らませ子供っぽく唇を尖《とが》らせた。

「まあいいじゃろ」

「雷獣の気配って探れるのかな？」

「今やっておったのじゃが、キミが……」

「おお、そいつはすまん。もう一つだけ」

「雷獣の住処《すみか》の方が確実に遭遇できるとでも言いたいのかの？」

「そう、それ！」

「探ることはできるじゃろう。だが、ボクたちは雷獣を討伐するのではなく、友好的に接したいのじゃろ？」

「うん」

「ならばやめておくがよい。雷獣が自らの巣の危険を感じたとしたらどうなる？」

「そういうことか。俺が思いつくようなことはすでに考慮済み。その上でここで待ち伏せするのがよいってことなんだな」

「そういうことじゃ」

さすが野生児。

野生動物のことならお任せだな。うん。

その時、カサリとした音が耳に届いた気がした。

「全員、ボクの近くに」

急に声色を変えたセコイアが「静かに」と注意を促すように右手を前に出し、俺たちに呼びかける。

「風よ。我らを護《まも》り給え」

力ある言葉に応じセコイアの小さな手のひらの先に光で描かれた魔法陣が出現し、すぐに消失した。

魔法陣が出ただけで、見た目上なんら変化がない。

「以前も使った魔法と同じじゃ。一度だけ衝撃から護ってくれる」

「ありがとうな」

セコイアに礼を言いつつも俺の意識は別のところに釘付《くぎづ》けになっていた。

それは、あまーい香りにほかならない。

この香りは、先ほどパイナップルの群生地に姿を現した蔓《つる》の化け物から出ている。

そう、蔓がぐるぐると巻き付いて木質状になり、てっぺんからずらーっと伸びたキラープラントだ。

雷獣が捕食していたというが、あいつのイチゴみたいな赤い果実からあまーい香りが出ているのだろう。

キラープラントは近づく者を蔓で搦《から》めとり……あ、いい香り……。

「待て。キミが誘われてどうする」

ふらふらと誘われるように腰をあげたところでセコイアに後ろから手を掴《つか》まれる。

「でも、あの香りは」

「全く」

セコイアが俺の手の甲にむちゅーと口づけをした。

「涎《よだれ》が酷《ひど》い」

「ようやく元に戻ったようじゃな」

「俺はどうにかなっていたのか？」

「うむ。キラープラントの香りに誘われて夢遊病のようになっておったぞ」

「お、おう。そいつはすまん。涎のおかげで元に戻れたのか」

「ヨダレというな！　乙女の接吻《せっぷん》じゃ」

「あ、うん。はいはい」

口ではセコイアをからかいつつも、心の中でもう一度彼女に感謝の言葉を述べる。

それにしても甘い香りか。

キラープラントの鑑定は行った。確か種族名ツリーピングバイン（蔓型）といって、近づいた獲物を蔓で捕食するという。

誘引の手段として甘い香りを使うってことだな。鑑定はしたんだが、細かいところまで見てはいなかった。

思い出せ。何かほかに書いてあったことで、今使えそうなことを……。

「甘い……か」

「甘いのは夜にするがよい。めくるめく夜を過ごそうではないか」

「夜は一人でいい。寝たい。たっぷりと寝かせてくれ。と、冗談はこれくらいで」

「何か思うところがあるのかの？」

「甘いんだよな。ちゃんと鑑定しておきゃよかったんだけど、あの赤い果実って食べても甘いのかな？」

「餌《キラープラント》が来おったから、このまま雷獣を待とうかと思ったのじゃが、あれ、伐採するかの？」

「んん。一時間ほど待ってみて、雷獣が来ないようなら頼んでいいか？」

とりあえずは待ちか。

雷獣が来てくれたらラッキー。来ない場合は餌であるキラープラントの性質を調べ、雷獣がどのような「味を好む」のか調査しよう。

物によってはこちらで雷獣の好む餌を準備し、呼び寄せるとかも可能だろうから。

「倒すなら、俺がやるぜ。ヨシュア様」

横で俺とセコイアの話を聞いていたバルトロが親指をグッと突き出し、ニカッと白い歯を見せた。

「その時は頼む。今はしばし待ってくれ」

「あいよー。いつでも言ってくれ」

いつでも動き出せるようにか、踵《かかと》を浮かして片膝《かたひざ》を立ててしゃがむバルトロ。あの体勢をずっとだと疲れてしまいそうだけど、俺が心配することじゃあないか。

彼だって足が痺《しび》れたら体勢を変えるだろ。

◇◇◇

——三十分経過。

来た！

来たぞ。雷獣が。

誰からも説明されずとも一目見たら分かる。

体の作りとしては虎と豹の間くらいといったところ。がっしりとしているが、しなやかさも兼ね備えているように見受けられる。

体長はおよそ五メートル。白と黒の虎柄の毛皮を持つが、ビリビリと青白い紫電が全身を覆っているため白いふさふさの部分が青みがかって見える。

顔も虎に似るが、頭から二本の捻《ね》じれた角が生えていて虎との違いは明らかだ。

「俺たちには興味がないみたいだな」

「うむ。あやつの狙《ねら》いはキラープラントのみじゃ」

セコイアに聞いていた通り、雷獣はこちらには目を向けようともせず真《ま》っ直《す》ぐにキラープラントの元へ向かっていた。

のっしのっしとゆったりとした動作で歩くその姿は、森の王者に相応《ふさわ》しい貫禄《かんろく》を備えている。とっても強そうで、素人《しろうと》の俺は雷獣からの圧力でジワリと手に汗が滲《にじ》んできた。緊張した面持ちのガルーガはともかくとして、セコイアとバルトロは涼しい顔をしている。バルトロなんて口笛を吹く仕草で誤魔化《ごまか》しているものの、飛び出したくてうずうずしているみたいだし……。

庭師って、害獣駆除も担当だったっけ？

でもダメだぞ。狩猟するのが目的ではない。

ここからは動物と会話できちゃう野生児を頼る。

「セコイア。頼りは君だけだ。頼む」

「うむ」

ここぞとばかりにセコイアの頭をナデナデし、ふさふさの狐耳も優しくさわさわした。効果覿面《てきめん》だったようで、口元が緩み一筋の涎まで垂らしたセコイアが「よおし、よおし」とガッツポーズをしている。

「さあ、行くのだ。動物と会話できる野生児よ」

「妖精《ようせい》とかもうちっと言いようがあるじゃろ。まあよい」

立ち上がったセコイアは首をぐるりと回し、大きな丸い目を閉じた。

なんかこう動物と会話する時に、プラチナブロンドの髪の毛が浮き上がったりとかそういう演出は一切なく、セコイアの見た目には何ら変化がない。

「うむ。そうか。ヨシュア。頼みごとは内容次第で聞いてはくれそうじゃ。ただし、食事の後でということじゃ」

「お、おお。見た目は怖いが結構いい人……じゃない獣だったんだな。こちらからもお礼を考えたい。なので、赤い果実を一つだけ残してもらえないか聞いて欲しい」

「……。果実を残す件は大丈夫そうじゃ。キミの願いは？」

「避雷針に思いっきり電撃アタックをして欲しい」

「……よく分からん奴《やつ》じゃなほんと……。……うむ。構わんと言っておる」

「やったぜ！」

目的のうち一つはあっさりと達成できた。

もう一つの目的は、雷獣と親しくならないと厳しい。

今後に期待だな。うん。

美味《おい》しい餌を準備して、雷獣の気を引けば何とかなるとは思うんだけど。

ともかく、俺たちは雷獣の食事が終わるのを待つとしよう。

「バルトロ、ガルーガ。避雷針の準備を頼む」

「ヨシュア殿。地面に鉄の棒を突き刺せばよいのか？」

「うん、周囲に高い木がないところがいい。そうだな……あの辺りがいい」

俺がスツーカの木を伐り倒した辺りを指さす。

ちょうどあの辺りは周囲に高い木が生えていない。

それにしても、雷獣の喰《く》いっぷりはすさまじいな。

電撃でキラープラントの動きを止めて、そのまま捕食するとか。

この分だとあっという間にキラープラントを完食しそうだ。

「そろそろよいぞ」

「うっし。じゃあ、ガルーガ。避雷針を立ててくれ」

「承知だ」

避雷針を担いだガルーガが、俺の指定した場所に避雷針を突き立てた。

用が済んでからはすぐに踵《きびす》を返し、俺たちのいるところまで戻る。

「セコイア。準備が完了だ。もう少し離れた方がいいかな?」

「……伝えた。この位置なら大丈夫じゃろ。風の加護もある。キミの準備したロープもあるじゃろ」

「分かった。では、実施するように頼んでくれ」

「相分かった」

セコイアの願いに応じ、雷獣が避雷針の方へ体の向きを変えた。

いよいよだ。

「ヨシュア。一つ尋ねる」

「ん?」

「思いっきりやってよいのか? と聞いておる」

「思いっきり、力一杯やってくれ！」

セコイアを通じて雷獣に言葉が伝わったらしく、首を上に向け「うおおおん」と雷獣が吠《ほ》える。

次の瞬間、雷獣の体全体から閃光《せんこう》が走り視界が真っ白になった。

ドオオオオン――。

轟音《ごうおん》が鳴り響き、もわもわとした土煙があがる。

「ぐ、すんごい音だな」

「なかなかの一撃だったのお。まさに雷の申し子よのお」

自然現象の落雷でも、近くに落ちるともんのすごい轟音が響き渡る。

雷獣の発した雷はそれに匹敵する音を立てていた。

「一体どれだけ発電できるのだろうな……」

「発電？」

「あ、いや。発電については必要があれば説明する。今のところはまだ何とも言えない」

「ほう。カガクかのお？」

「うん。だけど使えるのかも全く分からないからね。意味のない知識は判断を鈍らせる」

「確かにそうじゃ。ならばこそ、ボクもヨシュアに魔術の真理を伝えておらぬ」

「おう。必要ある時に必要なだけ、がとても難しい。その時は頼むぞ、セコイア」

「任せておくがよい、ぬはは」

背筋を反らし魔王のように高笑いするセコイアだったが、致命的に似合っていない。

子供のごっこ遊びにしか見えん。

「セコイア。雷獣に『ありがとう』と伝えてくれ。礼ができるよう赤い果実を研究させてもらうとも」

「……。伝えたぞ。腹も満たされたし、用が済んだのなら、行く、と言っておる」

「うん。ありがとう。雷獣！」

雷獣に向け、両手を力一杯振る。

俺の意思が伝わったのか、雷獣は首を上にあげ小さく唸《うな》り声をあげる。

首を下げた雷獣はくるりと踵を返し、悠然とした足取りでこの場を立ち去って行った。

雷獣の姿が見えなくなるまで見送った後、雷にうたれた避雷針の確認に向かう。

うはあ。銅線がダメになっちゃっているな。でも、これだけ威力があるのなら期待できそうだぞ。

しゃがみ込み、避雷針に触れる。

熱くなっていたりはしないな。

「誰か鉄製品を何か持っていないか？」

「こいつでいいかの？」

「おお、ありがとう」

セコイアが見せたのは紐《ひも》を括《くく》りつけた細長い、人差し指ほどの小さな方位磁石だった。

彼女から受け取った方位磁石を避雷針に近づけてみる。

ピタ。

方位磁石は避雷針に引き寄せられるようにして張り付いた！

「よおおおっし。うまくいったああ。雷獣さんありがとう」

「そいつは磁石なのかの？」

「ご名答。雷獣の雷で、この鉄の棒を磁化したんだ」

「ほう。雷で鉄が磁石になるか！　そいつは興味深い」

「だろだろ。これがカガクだよ」

「魔法と異なる法則。やはり面白いものじゃのおお！」

セコイアと両手を掴《つか》み合って小躍りしていたら、呆気《あっけ》にとられたバルトロとガルーガが目に入る。

「えー、まあ、なんだ。避雷針もとい磁石を持って帰ろうか。道すがら説明するよ」

「オレが持とう」

「帰りは俺が持つぜ。ガルーガは前方の警戒。俺は後ろを行く」

「分かった」

二人は俺とセコイアの謎の踊りを見て見ぬ振りをしてくれたようだ。

何事もなかったかのようにバルトロが磁石を担ぎ、ガルーガが先導を始める。

◇◇◇

磁石にはいくつか作り方があって、古くから作られていた。

地球の磁気を利用した方法や、ほかの磁石を使って磁石にする方法などなど。

しかし、ここは異世界。地磁気を利用するとして、どの方向に向ければいいかとか、磁化できるのかとか不安が付きまとう。

磁石作りは公国時代に試していなかったからなあ。

これまでの経験から、何か一つ作り出すのに何十回、時には何百回と試行錯誤を繰り返さなきゃならねえ。

ある程度、領地経営が安定してきてからならいいが、先を急ぐ情勢でちんたらやっていられないんだ。

「ぜえぜえ……そこで試したのが電気による磁化だ。この方法は次善の策だったんだけどな……ぜえはあ」

「言わんとしていることは理解した。しかし、ヨシュア」

「ん……」

「体力がなさ過ぎじゃろ。せめて普通に走れるくらいには鍛えたらどうじゃ?」

「はあはあ……善処する。今すぐには無理だけどな……んで、この磁石を使ってだな」

「使って？」

ああもう。息が切れているから、喋《しゃべ》り辛《づら》い。

「電気を作る。さっき言った『発電』をするってわけだ」

「ふむ。電気を作ることを発電というのじゃな」

「うん。発電の仕組みはとても簡単だ。コイルの前で磁石を回転させるのみ……はあはあ」

「コイル？」

「か、鍛冶《かじ》場に到着してから、にしよう。ガラムとトーレの協力が必要だ」

「情けないやつじゃの……ほれ」

立ち止まったセコイアが、両手を腰の後ろに持ってきて指先をくいくいっとさせる。

まさか、「俺を背負う」とか言うんじゃないだろうな。

「断る。幼女に背負われたなんてあったら、いろいろもうダメだろ」

「別にキミのためだけではないのじゃが。ボクはすぐにでも発電のことを聞きたい。キミが歩けば、遅くなるからの」

「ぐ、ぐうう。それでも、俺は歩くのだ。歩くったら歩く」

「全く……変なところだけ強情じゃのお。バルトロに背負ってもらうかの？」

「それもダメだ。歩くって言っているだろ。ほら、こんなに元気なんだ」

両手を広げ、跳ねるように前へ進む。

っと。足がふらつきバランスを……おう。

ぐい。

後ろからセコイアに支えられ、こけずに済んだ。

「……」

「分かった分かった。歩くのじゃろ」

「お、おう」

パンパンとワザとらしく自分の服を叩《たた》き、再び歩き始める俺なのであった。

エピローグ　カガクの神髄「電気」

「ありがとう。バルトロ、ガルーガ」

「楽しい散歩だったぜ。こっちこそ誘ってくれてありがとうな。ヨシュア様」

「いつでも協力をする。用があれば是非また呼んでくれ」

鍛治場の軒先でバルトロとガルーガに礼を言い、彼らと別れる。

さて、暗くなるまでにはもう少し時間があるな。

さっきからソワソワして仕方のないセコイアもいることだし、約束通り発電の概要について説明するか。

中に入ると、すでにセコイアとガラムの二人は椅子に腰かけ、俺を待ち構えていた。

「セコイアの嬢ちゃんから聞いたぞ。何やらまた面白いことをやるそうだの」

「燃焼石と魔石がないから、それを補おうと思ってさ。対策の一つだよ」

セコイアの隣の席に腰かけ、軽く右手をあげる。

「ほれ、はよう『発電』について語るのじゃ」

「分かった分かった。トーレにもちゃんと伝えておいてくれよ」

服の袖《そで》を引っ張るセコイアに向け苦笑した。

引っ張り過ぎだってば、服が伸びるだろ。

「儂《わし》から伝えておこう」

「ありがとう」

ガラムに礼を言ってから、俺は発電のことについて語り始める。

「さて、セコイアには繰り返しになるけど、こいつは次善の策だ。一番は雷獣に発電してもらうことなんだけど、一時的にならともかく恒常的には難しいだろう」

「そうじゃの。『今のところ』はじゃがな」

「うん。そこで、次善の策だ。カガクの力で電気を作り出す」

「おおおお。そいつは面白そうじゃのおお！」

ガラムが思いっきり喰《く》いついてきたー。

身を乗り出して、目がらんらんと輝いている。こいつはガラムの職人スイッチが入ったとみて間違いない。

「ガラムとトーレには発電設備を作ってもらいたい。俺は電気を利用してできることを考える」

「任せよ。腕がなるわい」

ガラムは握り拳《こぶし》をパンパンと手のひらで叩き、ガハハと豪快に笑う。

一方、セコイアは眉間《みけん》に皺《しわ》を寄せ顎《あご》先に指先を当て何やら考え込んでいた。

「ヨシュア。『できることを考える』じゃったか」

「うん。多少行き当たりばったりになるけどね」

「その言葉で合点がいったわ。電気とは多種多様な事柄に利用できるのじゃな。キミの頭の中には利用方法が渦巻いておる。じゃが、実現性をはかっておるというところか」

「すげえな。その通りだ。『知の探究者』の洞察力に恐れ入るよ」

「その知の探究者をして、尚《なお》、知で唸らせるキミだがのお」

「は、はは……」

褒めたつもりが、逆に褒め殺しをされると照れてしまうじゃないか。

テーブルに乗り出したセコイアが手を伸ばし、乾いた笑い声をあげている俺の肩をぐいぐい引っ張ってくる。

「のうのう。実現性は度外視でよい。キミの頭の中にある『電気』の利用方法について語るのじゃ」

「お、おう。そうだな」

といって何を語ればいいか。

すぐに試したいことはいくつかある。一つは電気分解。

電気分解を利用することで、これまで手に入らなかった物質を得ることができる。

もう一つは理屈が似ているけど、メッキであったり……そうだな。具体的な品物を述べた方が分かりやすいか。

「はよ」

「近いって！」

考え込んでいるうちに、テーブルの上に乗っかったセコイアの顔がドアップになっていた。

むぎゅうーと彼女を押し出し、ふうと小さく息を吐く。

「光を灯《とも》したり、汚水を浄化したり、メッキや石鹸《せっけん》が作れたり、ほかにはええと、物を動かしたり、とか」

「ほおお！　マナのようなものなのかの。汎用《はんよう》性が高いのお」

「マナについて認識が違ってたらすまないけど、マナはあらゆる事象を想像力次第で操れるものだったか」

「ちと違うが、術式さえ構築できれば大概のことはできるのお」

「電気はそうじゃあない。物理法則……カガクの法則に従わなきゃならない。仕組みを作るのが大変だし、何でもできるわけじゃあないな」

「ふうむ。なかなかままならぬものじゃのお」

「だけど、マナと違い、『術者』は必要ない。制約は大きいが、自動的に動かせるし、使い手を選ばないのが大きな利点だな」

「そいつは……革新的じゃぞ！　なるほどのお。魔石の代替とはよく言ったものじゃ。魔道具の代わりに電気で動く道具を作るわけじゃな」

「そこまでいければ、だけどね。俺は別のアプローチも考えている」

「ほおおお。そいつは何じゃ？」

「ガラムが待っている。それについては後でな」

「ううむ。仕方ない。ガラム。すまんかったの。つい興奮してしもうて」

元の位置に戻り、ガラムに向けペコリと頭を下げるセコイア。

正直なところ、この世界の今ある技術で電化製品を作り出すことは非常に難しい。

基礎科学の積み重ねがないし、俺が主導するにも俺には化学の知識がほぼないんだ。

プラスチックの作り方も分からなければ、溶媒、合成の知識もない。

専門家がいれば数段飛びで科学技術を発展させ、十年以内に蒸気機関車やビニール樹脂くらいなら作ってしまうかも。

知識のない俺だけど、乗用車を作るとかそんな夢のあることに挑戦してみたい気持ちはある。

だけど、今じゃあない。そいつは全《すべ》てを終えて、余生を過ごす時にするべきだ。

繰り返しになるが、すぐにでも何とかしなければならない状況のため即効性が求められる。

目標は公国時代と同レベルのことができるようになること。

だから、別のアプローチも試したい。それは、地球にある科学ではなく、この世界の科学だ。

っと。ガラムを待たせていたな。

「もういいかのお。ヨシュアの」

「お、すまん。ついな」

ガラムに向け右手をあげ、頭を下げる。

「儂が興味があるのは仕組みじゃ」

「うん。ガラムとトーレに作ってもらわなきゃだから、概要だけ伝える。具体的な設計は二人に任

せるがいいかな？」

「うむ。任せておけ。理《ことわり》さえ分かれば問題ない」

「とても助かる。具体的にどう設計したらいいかは、俺には難しいから」

「ガハハ。そこは職人に任せておくがよい。お主は『夢』を語ればよいのだ。形にするのは我ら」

「ありがとう。電気を作り出すには、磁石とコイルが必要だ――」

厳しい目で顎髭《あごひげ》をいじる手も止め、俺の話に聞き入るガラム。

「磁石は雷獣の協力により手に入れた。コイルとはこの前作ってもらった銅線をぐるぐると巻いて絶縁体樹脂を塗りつけて完成だ」

「スツーカの樹脂かの？」

「うん。銅線は電気をよく通す。逆にスツーカの樹脂は電気を通さない。こうすることで、電気が外に霧散せず、銅線の中を通るって寸法になる」

「ふむ。発生した電気を流すのが樹脂を塗った銅線じゃな」

「その理解で合っているよ。それで、電気を発生させる方法だが、磁石をコイルの間でグルグル回転させるだけだ。コイルを左右に配置して、真ん中に磁石だな」

「仕組みは単純明快じゃな。もう一基水車を用意し、磁石を回転させればよい。なるほどのお。数基の水車を準備して欲しいと言っておったが、まずはこいつに使うのじゃな」

「頼めるか？」

「任せておけとさっきも言ったであろう？　楽しみじゃ。その電気とやらがどう活用されるのかがのお！」

ガラムはドンと分厚い胸板を叩き、したり顔でうむうむと頷《うなず》く。

「一つ注意することがある。炉に使ったギアじゃあ回転が足らない。ギア比を変える必要がある」

「そこはお主の力を借りねばだの。トーレが作った模型に意見をくれぬか？」

「分かった。だけど、道具作りを優先させて欲しい。家の準備は急務だからな」

「分かっておる。橋も作らないといけぬからのお」

トーレが模型まで作ってくれたものな。

橋と上下水道の工事はこの街で一番の大工事となるだろう。

大量の人手も必要になる。だけど、農業、工業、住宅、全てに密接に関わってくるところだから、必ずやらなければならないのだ。

住宅と農業がいち段落ついたら、一大公共事業として実施したい。

「大工事は二か月以内には必ずやる。工事期間は三か月以内だ。それ以上遅れた場合は、翌年春に持ち越しかな」

「なあに、そこまでかからんよ。ガハハ！」

「ガラム一人で何とかなるもんじゃないからな。焦らず淡々と進めていこうじゃないか」

「そうだの。頼りにしておるぞ。我らが辺境伯」

「その言い方はやめてくれ。こそばゆい」

「ガハハハハ」

腹を抱えて笑わなくても……。

苦笑する俺の顔を見て、ツボに入ったのか、せき込むほどに笑うガラムなのであった。

笑う彼らを見て俺は確信する。

やることがあり過ぎて焦る気持ちがないわけではない。だけど、ガラムたち、ハウスキーパーのみんな、俺を慕って集まってくれた領民たち、みんなと一緒ならきっと理想の街が実現するはずだ。

苦笑する顔は崩さず、小さく拳を握りしめる。

特別編一　キャッサバと領民

特徴的な緑の葉を鼻先に寄せ、すんすんと匂《にお》いを嗅《か》いだアルルがにこおっと満面の笑みを浮かべた。

彼女は人間と比べて特筆するほど鼻が利くわけではない。

それでも嗅いだのは彼女の気分でしかない。ヨシュアから教えてもらった緑の葉の匂いを嗅ぎ、探す、そんな気分を味わいたいだけだった。

「アルル。ここにありますよ？」

アルルが持つ葉と同じ葉をつけた新緑の低木を指し示すエリー。

荒野の中に自生する低木のほとんどはこの木である。木の名前はキャッサバ。

根の部分が食用となる。

「もう。エリー。こういうのは、過程が。って。ヨシュア様なら言うよ？」

「……そ、そうだったのですか！　男のロマンってやつですね！　ヨシュア様がたまに口にされます。迂闊《うかつ》でした」

エリーはハッとしたように首を左右に振った。

しかし、アルルの行動が無駄そのものであることは確かである。

なぜなら、彼女らの周囲には農業に従事する領民が多数いるのだから。彼らはみなキャッサバの根を掘り返し籠《かご》に入れている。

一部の領民は枝を落とし、その枝を人差し指くらいの長さに切りザルの上に載せていっていた。

「エリーさん、アルルさん、今日のところはこれくらいにしましょうか？」

「畏《かしこ》まりました。枝を植えましょう！」

領民と協力して耕した土の上に枝を突き刺していく。

非常に簡単な作業であるが、これで育つのだろうか？　と疑う領民はエリーとアルルも含めて誰《だれ》もいない。

賢公ヨシュアの言葉を疑う者など、この場にいないのだから。

彼がその話を聞けば、微妙な顔をし「試行錯誤させることも必要かもしれない」と言うこと間違いなしである。

ともあれ、彼らはキャッサバの根を完成した井戸から汲《く》み上《あ》げた水で洗う。

ジャバジャバとキャッサバを洗った後は、調理だ。

アルルとエリーは領民たちと一緒に井戸の横に集められた簡易的なテーブルの上へキャッサバを置く。

井戸を中心に領民たちが乗ってきた馬車が集められていた。

馬車で暮らす領民たちは、一部だ。

一人で四人用馬車で来た者なら快適に暮らすことができるのだが、家族で来た者となると馬車で暮らすには辛《つら》い。

そこで、作られたのが円形のテントだ。

円になるように棒を幾本も立て、布で覆う。天井部分は中央に長い棒を立て大きな布を上から被《かぶ》せる寸法だ。

テントの高さは成人男性の身長より若干低い程度。しかし、中の面積が確保できるので家族で寝るに十分な広さを確保できる。


アルルとエリーがキャッサバをすり潰《つぶ》し始めると、食べ物の匂いを嗅ぎつけたのか子供たちが集まってきた。

「お姉ちゃん、僕知っているよ。それ、スープにするんだよね?」

「これはね。乾かして粉にするの」

物おじしない八歳くらいの男の子が得意気な顔でエリーに尋ねる。

対するエリーはふんわりと微笑《ほほえ》み、彼に応じた。

「へえ。あ、分かったぞ! それ、パンになるんだろ!」

「正解。キャッサバはね、そのままじゃ食べることができないから、掘り返してきてそのままかじったらダメよ」

「それ、母ちゃんからも父ちゃんからも言われた! 俺、そんな食いしん坊じゃないんだからな！」

へへんと鼻を指先でさすり、口をイーッとする少年の態度に、エリーは笑顔のままだ。

「すいません。この子がご迷惑を」

少年の母親だろうか、エリーの斜め向かいで作業をしていた女性が手を止めぬまま頭を下げる。

「いえ、微笑ましくてとても癒《いや》されます」

エリーがそう返すと、少年は面食らったようで「ぐうう」と口を結びぴゅーっと走り去っていく。

彼を追うようにほかの子供たちも遠くまで走って行った。


キャッサバをすり潰し終わった領民とエリーたち。エリーは屋敷で使う分を頂きペコリとお辞儀をする。

去り際に中年の男がアルルに布袋を手渡す。

「バルトロさんから頂いたものですが、どうぞお持ちになって下さい」

「ありがとう！」

アルルが中身を確かめると、入っていたのはグアバの実だった。

「これを搾って飲むと元気がでます。領民のため身を粉にしているヨシュア様に。我々の分よりまずヨシュア様に」

「はい！」

アルルは右手を勢いよくあげ、元気よく返事をする。

領民のヨシュアに対する気遣いにアルルもエリーも思わず笑みがこぼれるのだった。

丁寧に搾ってヨシュア様に飲んでいただこう。

二人は同じことを考え、屋敷へ向かう。

◇◇◇

「ヨシュア様、どうぞ」

エリーはキャッサバパンを完食したヨシュアに向け、食後の飲み物をコトリとテーブルに置く。

もちろん、この飲み物はとっておきのグアバジュースである。

ヨシュアの顔が一瞬曇ったことを見逃す彼女ではなかったが、敢《あ》えて見て見ぬ振りをした。

「頂くよ」

そう前置きしたヨシュアはごくごくと一息に飲み干し、顔をしかめる。

「目が覚めるよ。ありがとう、エリー」

「おさげいたします」

「うん、すぐに会議を始めよう。みんなを呼んできてもらえるか？」

「畏まりました」

ヨシュアの顔が凛々《りり》しく引き締まり、エリーは見惚《みと》れてしまった自分に気が付き小さく首を振った。

彼には気が付かれないように、本当に僅《わず》かな動作で。

パタリ——。

みんなを呼ぶため、食堂を辞し扉を閉めたエリーは、アルルのところへ向かいながら先ほどのヨシュアの顔を思い出していた。

ヨシュア様は何をされていても素敵です。ですが、お仕事をしている時、特に演説の時のヨシュア様はもう素敵過ぎて堪《たま》りません。

寝ている時でさえ、ヨシュア様は魅力的なのです。寝ている……私も膝枕《ひざまくら》を……。

いえいえ、それは、はしたないです！　アルルのようにはとても。

「エリー？」

アルルのところに向かっていたはずが、途中で窓の外で頭を下にしてぶら下がりエリーに向け尻尾《しっぽ》と右手を振る彼女に遭遇する。

「アルル！　私は決してはしたないことなど……」

「ん？　ヨシュア様、呼んでる？」

「はい。お呼びになっています」

「うん！」

足先の力だけで、上へ飛び上がったアルルは食堂に向かったようだった。

未《いま》だドキドキが収まらないエリーはほおと息を吐き、バルトロの元へ向かうことにする。

特別編二　ワーカホリック

——過去のある日、公都ローゼンハイム。

「父さんが亡くなってから何年経《た》つんだろ……」

ええっと、俺は今年で二十一だっけ。もう自分の年齢も分からなくなってきた。

しかも、自分の誕生日までいつだったか曖昧《あいまい》になってきている。

眠い目をこすり、寝間着から執務用の衣服に着替えながらふとそんなことを思った。

コンコン——。

扉を叩《たた》く音が響く。

え、ええええ、早くね。

着替えてからまだぼーっとする時間があるよね？　あったよね？

「どうした？」

「閣下、お目ざめでしょうか？　朝の飲み物をお持ちいたしました！」

凛《りん》とした力強い声が返ってくる。

うん、もちろんお知り合いの声だよ。毎日聞いているし。

ん？　可愛《かわい》い女の子の声じゃあないかって？　確かに彼女は見た目も麗しいんじゃないかな。

じゃあ、とっとと行けって？　いやいや、俺はさあ、まだ休みたいんだよねえ。

なあんて自分の中で戦っていたら、無情にも扉が開く。

扉口には鮮やかな赤い髪をアップにした、スラリとした少女が立っていた。

彼女の名はシャルロッテ。

白銀の鎧《よろい》に紺色のスカート、黒いブーツと朝からお召し物もバッチリ決めている。

鎧に刻まれた家紋が彼女は貴族なのだと示していた。

そんな彼女はお盆を手に、にこやかにこちらへ微笑む。

「おはようございます！　閣下！」

「や、やあ。シャル。おはよう」

「どうぞ、閣下！」

「あ、うん」

ずずいと差し出されたお盆の上には小瓶が載っている。

瓶は真っ白な液体で満たされていた。

うん、牛乳だ。

ごくごくごく。

ぷは――。

うめえ。搾りたて牛乳はうめえ。

「閣下！　いかがでしたでしょうか？」

「今日も新鮮な牛乳をありがとう」

「お任せ下さい！　必ずや牛乳をお届けいたします。牛乳は仕事への活力です。牛乳を飲んで仕事をして、牛乳を飲んで仕事をする。無限に働くことができると思いませんか？」

「……」

絶句した。

いや、あのね。もういい。彼女は本気でそう思っているのだろうから。

俺からは何も言わん。

シャルロッテが来て以来、仕事の効率はよくなった。

しかし、仕事量が以前よりヤバくなったんだよ！

彼女は書類仕事だけじゃなく、俺の秘書的な仕事までしてくれている。

なので、俺のスケジュール管理は彼女に任せているわけなのだが……。

「閣下、本日の予定です」

「お、おう」

まだ自室から出ていないというのに、当然のようにその場で一枚の紙を手渡してくるシャルロッテである。

ええっと、どれどれ。

ベッドの脇《わき》に置いてある小さなテーブルセットに腰かけ、紙面を覗《のぞ》く。

そこへすかさずシャルロッテが、懐中時計をテーブルの上に置いた。

この懐中時計は、地球にあるものと違い魔石で動作する魔道具の一つだ。

魔石の魔力はそうそう切れることがないのだけど、シャルロッテは毎日新しい魔石に替えて持ってきてくれる。

まあそれはいい。

本日のスケジュールがおかしい。

いや、毎日おかしいんだけど、今日は特におかしい。

「シャル。バルデスさんとグラヌールさんに会うのはよいんだけど、時間が被《かぶ》っているぞ」

それも各々の会う時間が十分に設定されており、半分の時間が被っている。

「はい！　閣下ならば五分で解決できます！　せっかくですので、バルデス卿《きょう》とグラヌール卿、閣下、三者の交流を深めることができればと愚考した次第であります！」

「あ、うん。まあ、二人の仲は悪くないと思うよ。うん」

「存じております！　しかし、せっかく連続した時間がありましたので！」

「わ、分かった」

びっちりとスケジュールが詰まっている。

牛乳の時間まで刻まれているが、彼女には決して悪意なんかない。

むしろ、俺への気遣いで溢《あふ》れている（つもり）なのだから、質《たち》が悪いのだあ。

かといって彼女を強引に左遷するかと言われると、それはそれで悩む。

誰《だれ》も文句なんて言わないだろうし納得してくれるとしても、仕事ができる人間を左遷するとあれば、俺が自分を許せない。

できる人は出世すべきだし、重要なポストについてもらいたい。

現代日本人的な考え方だけど、俺は自分の努力次第で登っていくことができる社会構造を作りたいんだ。

だから、仕事ができる彼女を外すなんてことはできぬ。できぬのだ！

「よおおおっし！　行くぞ、シャル！　まずはバルデスさんからだな！」

「はい！　閣下！」

こうなっては無心でこなすしかねえ。

行くぜえええ。うおおおおお。

謎の空元気で部屋を後にする俺であった。

この激しさは、シャルロッテが国元に帰る時まで続くことになる。

あとがき

『追放された転生公爵は、辺境でのんびりと畑を耕したかった』を手に取っていただきありがとうございます。

この作品のきっかけは、内政無双をした後に追放されたらどうなるだろう？　と考えたことで、そこから全てが始まりました。

激務激務続きの主人公からしたら、突然の追放はむしろ「やったぜ万歳」なのでは？　と思ったところからどんどん話が膨らみ……。

しかし、主人公ヨシュアの思うようにはいきません。

公国で実績を残した彼なのですから、彼を慕って追いかけて来る人は一杯いるはず、となり、またしても彼の激務が始まることとなってしまいました。

惰眠を貪《むさぼ》りたいヨシュアと発展していく辺境の対比を楽しんでいただけますと幸いです。

本作もまた多くの方の助けがあり、完成させることができました。

ウェブ版でご支援いただいた読者の方々。反応を返してくださりとても励みになりました。

続きが書けたのもこの励みがあってこそです。

キャラクターラフ画からもう飛び上がるほど素敵なイラストを描いてくださった「あんべよしろう」様。

そして、本作を二人三脚で作ってくださった編集さん。

本作を手に取りお読みいただいた読者さま。

この場を借りてお礼申し上げます。

お便りはこちらまで

〒102－8078
カドカワBOOKS編集部　気付
うみ（様）宛
あんべよしろう（様）宛

カドカワBOOKS

追放《ついほう》された転生公爵《てんせいこうしやく》は、辺境《へんきよう》でのんびりと畑《はたけ》を耕《たがや》したかった
～来《く》るなというのに領民《りようみん》が沢山《たくさん》来《く》るから内政《ないせい》無双《むそう》をすることに～

2020年10月10日　初版発行
2021年12月25日　３版発行

著者／うみ

発行者／青柳昌行

発行／株式会社KADOKAWA

〒102-8177
東京都千代田区富士見2-13-3
電話／0570-002-301（ナビダイヤル）

編集／カドカワBOOKS編集部

印刷所／暁印刷

製本所／本間製本

Printed in Japan
ISBN 978-4-04-073825-3 C0093

新文芸宣言

かつて「知」と「美」は特権階級の所有物でした。

15世紀、グーテンベルクが発明した活版印刷技術は、特権階級から「知」と「美」を解放し、ルネサンスや宗教改革を導きました。市民革命や産業革命も、大衆に「知」と「美」が広まらなければ起こりえませんでした。人間は、本を読むことにより、自由と平等を獲得していったのです。

21世紀、インターネット技術により、第二の「知」と「美」の解放が起こりました。一部の選ばれた才能を持つ者だけが文章や絵、映像を発表できる時代は終わり、誰もがネット上で自己表現を出来る時代がやってきました。

UGC（ユーザージェネレイテッドコンテンツ）の波は、今世界を席巻しています。UGCから生まれた小説は、一般大衆からの批評を取り込みながら内容を充実させて行きます。受け手と送り手の情報の交換によって、UGCは量的な評価を獲得し、爆発的にその数を増やしているのです。

こうしたUGCから生まれた小説群を、私たちは「新文芸」と名付けました。

新文芸は、インターネットによる新しい「知」と「美」の形です。

2015年10月10日

井上伸一郎

俺が魔王!?
チートな強さとカタログ通販(?)で
自由に暮らしたい!
コミックス版
発売中!!
ニコニコ静画の公式マンガ
「ドラドラしゃーぷ#」にて
好評連載中!!
原作:流優　作画:遠野ノオト
キャラクター原案:だぶ竜
シリーズ好評発売中!!
魔王になったので、
ダンジョン造って
人外娘とほのぼのする